JOURNEY TO HIROSHIMA

ヒロシマへの旅

池田大作 DAISAKU IKEDA

第三文明社

神奈川・横浜の山下公園で少年少女と語らう著者（1980年12月）　©Seikyo Shimbun

目次

ヒロシマへの旅……003
フィールドにそよぐ風……135
後記……251

［凡例］

一、本書は、『中学生文化新聞』（聖教新聞社）に掲載された小説「ヒロシマへの旅」（一九八六年八月～八七年二月）、「フィールドにそよぐ風」（一九八八年十一月～八九年三月）を収録した。いずれも後に『池田大作全集』第五十巻（聖教新聞社、一九九六年）に収められ、本書は同全集を底本としている。収録にあたり、著作権者の了解を得て一部修正した。

一、引用・参考文献がある場合は、各編の末に記し、該当のページ数を示した。引用中、漢字は新字体に、仮名づかいは現代仮名づかいに改めたものもある。

一、巻末の「後記」は、「池田大作全集」刊行委員会によってまとめられ、『池田大作全集』第五十巻に掲載されたもの。本書への収録にあたり、著作権者の了解を得て一部修正した。

デザイン　小林正人（ＯＩＣＨＯＣ）
イラスト　迎　朝子

ヒロシマへの旅

（一）

八月の熱い太陽をいっぱいにうけて、新幹線は、中国地方の田園《でんえん》を全速力で走っていた。美しい景色《けしき》が、飛ぶように流れていく。

広島県の福山駅を過ぎてから、トンネルが多くなった。山腹《さんぷく》を貫通《かんつう》して、線路はどこまでもまっすぐに延びている。

トンネルの暗《くら》がりを抜けて、夏の輝く日差《ひざ》しのもとへ躍《おど》り出たかと思うと、すぐにまた、列車は闇《やみ》へと突入した。トンネルのなかを走っているときのほうが長いようだ、と一城《かずしろ》は思った。

つかの間の地上の光と緑が、車窓《しゃそう》に現《あらわ》れたかと思うと、すぐ消えていく。この中国方面の山々は、何となく柔《やわ》らかく、「平和」を象徴《しょうちょう》するような緑とふくらみを持っていた。その山間《やまあい》の平地には、家々がかたまって点在《てんざい》している。

新幹線が東京駅を発《た》ったのは、十一時ちょうどであった。新大阪駅も過ぎ、岡山駅も過ぎ、もう四時間半近く、一城は列車に揺《ゆ》られている。広島駅着は十五時五十七分の予定である。彼は、腕時計《うでどけい》を見た。

八重子《やえこ》おばさんは、迎《むか》えに来てくれているだろうか、うまく会えるだろうか……一城は心配だった。彼は、この夏休みを、広島のおばさんのもとで、楽しく過ごすことになっていた。

新幹線に乗って、これほど長い旅をするのは、初めてである。名古屋、京都、大阪、岡山……と次々に移りかわる都市の風景《ふうけい》も、一城の心を広げていった。雄大《ゆうだい》な富士の姿《すがた》も、印象《いんしょう》深く残っている。

しかし、一城の胸の中は、どんよりとした雲がおおっているようで、何となくはずまなかった。美しい変化に富んだ景色も、たしかにうれしかった。だが、重い心はどうしようもない。

一城の心には、あの日の出来事《できごと》がよみがえってきて、どうしても忘れることができないのである。

一城には、中村君という仲の良い友達がいる。中村君は体《からだ》つきは細かったが、卓《たっ》球《きゅう》がとても上手《じょうず》であった。

地区大会には、必ず学校の代表として出場した。ふんわりと流れてくる中村君のマジック・サービスを、まともに返球できる相手は、なかなかいない。急角度に落ちてコーナーを襲《おそ》うスマッシュも、抜群《ばつぐん》の腕前《うでまえ》である。試合では、いつも一、二位を争《あらそ》った。そんな中村君に、みんなは、〝黄金《おうごん》の右腕《みぎうで》〟と拍手《はくしゅ》を送ったりしていた。

ところが、その中村君が二カ月ほど前から急に調子《ちょうし》を崩《くず》し始めたのである。今まで楽に勝っていた相手にも、意外《いがい》な苦戦《くせん》をしいられるようになった。練習のときも、以前とちがってどことなくうわついて力が入らないのが目立った。

いったい、どうしたんだろう。何か心配事《しんぱいごと》でもあるのだろうか。中村君の姿を見るたびに、一城はけげんな思いにとらわれた。

ある日、一城は、中村君の家へ遊びに行ってみることにした。中村君の一家は、とても大きな家に住んでいる。モダンな玄関《げんかん》のドア、吹き抜けの明るいホール、そしてじゅうたんの敷《し》きつめられた広い勉強部屋……。

中村君に兄弟はいなかった。一人っ子である。だから中村君は、両親の愛情に包《つつ》まれ、大事に育てられた。欲しい物があれば、すぐに買ってくれる。うらやましいほど、何一つ不自由のない生活であった。

閑静《かんせい》な住宅街の四つ角を曲がって、中村君の家の前にやってきた一城は、そこに一枚の紙がはられていることに気がついた。引っ越したという通知である。転居先《てんきょ》の住所は、隣町《となりまち》になっている。

門の鉄さくの間から、一城は母屋《おもや》のほうをのぞいた。窓という窓は、板でクギづけされている。ひっそりと静まり返った中村君の家をあとに、一城は転居先へ行ってみることにした。

住所をたよりに見つけた家は、古びたアパートだった。あんな立派《りっぱ》な家から、どうしてこんな所へ移ったんだろう、と一城は思った。中村君と顔を合わせるのが、何だか悪いような気がして、一城はそのまま引き返してしまった。

中村君のお父さんの経営《けいえい》している会社が倒産《とうさん》して、大変な事態《じたい》になっていることを知ったのは、そのあとのことである。借金《しゃっきん》の返済《へんさい》のために、あの大きくて立派な家も、手放《てばな》さねばならなくなった。今では、毎日の生活にも困《こま》るほどのようすである。

中村君にしてみれば、とてもショックであったにちがいない。あんなにゆたかな暮らしから、こんなアパート住まいになってしまったのだから……。

それでも、今にして思えば、あの時期、中村君は必死になって自分の気持ちを立て直そうとしていたのだろう。だが、その緊張《きんちょう》の糸も、あの日の出来事でぷっつりと切れてしまったのである。

あの日の朝――。一城は、トーストとハムエッグを食べていた。かたわらでは、お父さんが朝刊《ちょうかん》を開いている。

そのとき突然《とつぜん》、お父さんが声をあげて、新聞を目に近づけた。

「あれ！　これは、中村君のお父さんのことじゃないかな――」

一城はあわてて、新聞をのぞきこんだ。会社の倒産で、たくさんの人が被害《ひがい》を受けている、という内容であった。その記事には、顔写真がついていた。まちがいなく、中村君の父親である。

中村君の父親は、会社の経営を立て直そうと、いろいろな人から借金をしていた。貸した人たちは、お金が戻《もど》ってこなくなり、とても困っているという。被害者の一人が、談話《だんわ》を寄せていた。どこかで、聞いたような名前である。やがて一城は、それが学校の父母《ふぼ》会の会長であることに気がついた。中村君の友達の親からも、お金を借りていたらしい。

この新聞記事は、またたく間に学校中に広まった。中村君が通りかかると、みんなは振り返って、ひそひそ話をする。なかには、「おい！　お前の父さん、借金を返さないんだってな！」と言う生徒もいた。

中村君の胸中《きょうちゅう》はどんなにか苦しいことだろう。生活が大変になったばかりではない。学校でも、みんなから白い目で見られるようになってしまった。

中村君自身には、何の責任《せきにん》もない。それなのに、どうしてこんな目にあわなければならないのか……。あの快活《かいかつ》な中村君の胸は、きっと張りさける思いで、いっぱいだったにちがいない。

翌朝《よくちょう》のことである。一城は郵便《ゆうびん》受けに、一通の封筒《ふうとう》を見つけた。中村君からであった。

切手《きって》は、はられていない。昨夜《さくや》のうちに、そっと自分で入れていったのであろう。急いで、封《ふう》を切った。薄《うす》いブルーの便箋《びんせん》に、たった一行……。

ぼくには重すぎる。もう耐《た》えられない。

登校した一城を待ち受けていたのは、中村君の自殺未遂《みすい》の知らせだった。

深夜《しんや》一時ごろ、中村君は、近くの五階建てのマンションから身を投げたのである。たまたま下には、こんもりと茂《しげ》った樹木《じゅもく》があった。そのため、一命はとりとめたというのである。

マンションの住人の一人が、バリバリ……ザワザワ……と枝の折れる音を聞き、何かが地面にドスン……と落ちる響《ひび》きを感じたのは、これから寝床《ねどこ》に入ろうとしたときだった。不審《ふしん》に思い、ベランダから夜のとばりをすかして見ると、少年が幹《みき》のそばにぐったりと倒《たお》れている。そこで、すぐに救急車《きゅうきゅうしゃ》が呼ばれたのだった。

中村君は、ショックで意識《いしき》を失っていたという。右腕と肋骨《ろっこつ》を二本、それに右の

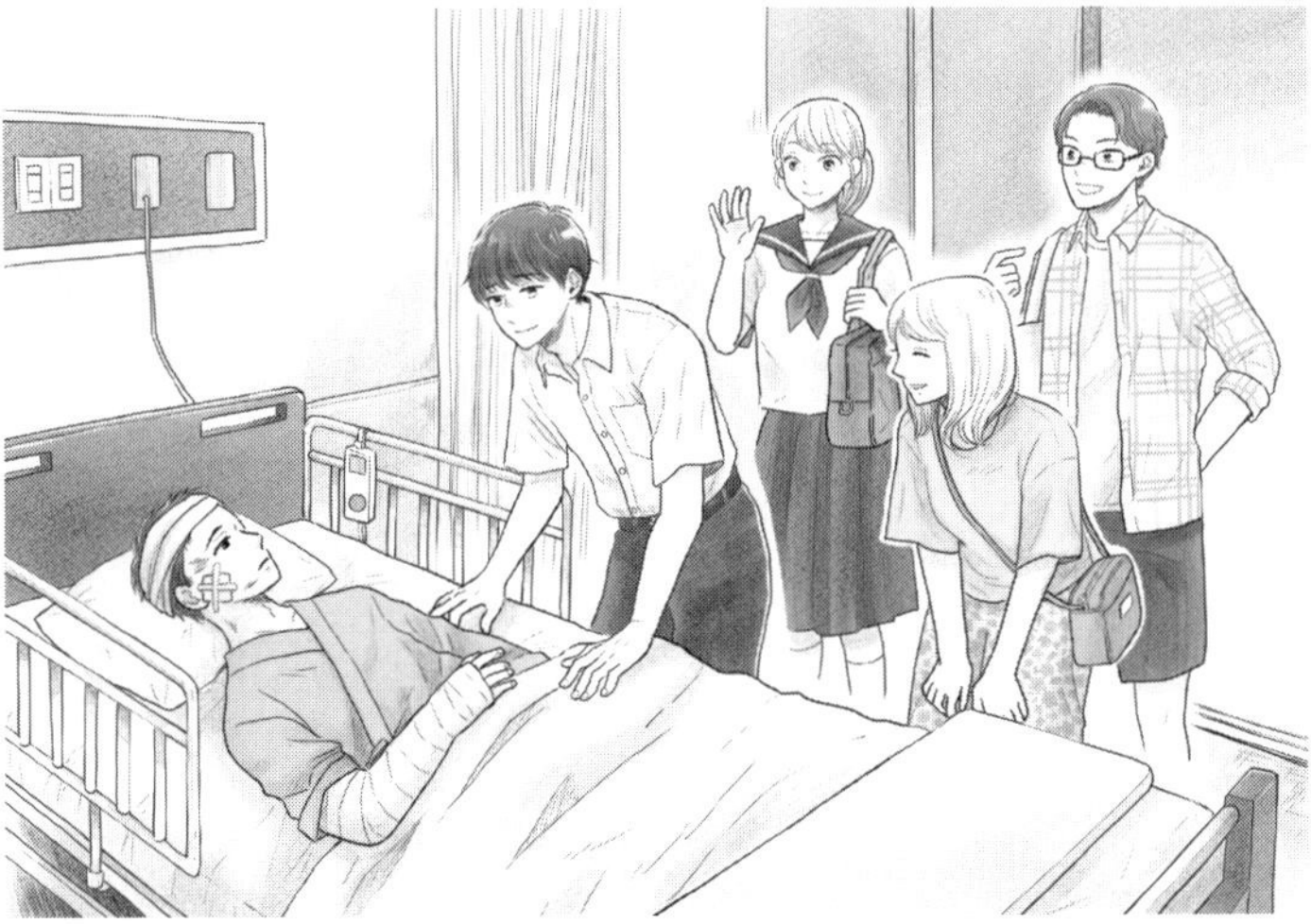

足首を骨折《こっせつ》していた。枝にひっかかってできたらしいスリ傷《きず》が、体のあちこちにある。だが、命には別状《べつじょう》なかった。

一城は、クラスメートと一緒《いっしょ》に、中村君の病院へ見舞いに行った。

右の足首はギプスで固められていた。右腕の包帯《ほうたい》も痛々《いたいた》しい姿であった。

「中村君、体の具合《ぐあい》はどうだい？　みんな、心配しているよ」

一城は、努《つと》めて明るく話しかけた。

「あんまり、驚《おどろ》かすなよ」

「中村君、あんまり心配かけないでよ」

「早く元気になってね」

「夏休み中には退院《たいいん》できる、って病院

の先生も言ってたよ」

と、みんなも口々に呼びかけた。

中村君は、クラスメートのほうを向いて、弱々《よわよわ》しい笑《え》みを浮かべた。けれども、なぜか口はつぐんだままである。

みんなは、学校のこと、勉強のことなどを、いろいろしゃべった。しかし中村君は、ついに最後までひとことも口を開かなかった……。


新幹線は、トンネルの中を轟音《ごうおん》とともに走っている。窓ガラスに、自分の顔がぼんやりと映《うつ》っていた。闇のなかへ目をこらすたび、一城には、あのときの中村君の顔が思い出されてならないのである。

青白いほお……光を失ったひとみ……固く結ばれたくちびる……。

どんな励《はげ》ましの言葉も、どんななぐさめも、中村君の心を素通《すどお》りしていくようであった。

命は助かったというものの、中村君を取りまく厳《きび》しい状況《じょうきょう》は、いっこうに変わっていない。一家の生活に、好転《こうてん》のきざしはないようだ。中村君の入院費《にゅういんひ》も、大変にちがいない。家計を支《ささ》えるため、中村君のお母さんは働き始めたという。

それればかりではない。医者から一城は、こんなことも聞いていた。右腕が治《なお》っても、以前のようにはラケットを握《にぎ》れないだろうというのである。あの〝黄金の右腕〟は、よみがえらないかもしれない。

そのことを、中村君も、うすうす知っているようであった。見舞いに行った日、卓球の話を持ち出しても、力なく視線《しせん》を落とすばかりだった中村君の寂《さび》しげな顔……。

「まもなく……広島に到着《とうちゃく》です。お疲《つか》れさまでした。手荷物《てにもつ》、網《あみ》だなの荷物は、お忘れにならないよう……」

車内アナウンスが響いた。あちらこちらで乗客が立ち上がって、身じたくを始めている。

新幹線は、広島の市街《しがい》へ入った。だんだんとスピードをゆるめていく。

右手に山並《やまな》みが迫《せま》っている。この広島は三方《さんぼう》を山で囲《かこ》まれた都市である。車内から、海は見えなかった。大小のビルが立ち並んでいて、視界《しかい》をさえぎっている。あと五分足らずで広島駅にすべりこむ。ホームには、八重子おばさんが出迎《でむか》えに来ているはずだ。

広島行きをすすめたのは、一城のお父さんであった。親友《しんゆう》の自殺未遂に、一城はかなりのショックを受けている。それを気づかっての提案にちがいなかった。

八重子おばさんは、お父さんの姉にあたる。夏休みの一週間をそこで過ごすのも、気分転換《てんかん》にいいだろう、との配慮《はいりょ》からであった。

旅の手続きは全部自分でやってみろ、とお父さんは言った。一城は、時刻表を調《しら》べたり、切符《きっぷ》を前もって買いに行ったりした。前の日には、じっさいに東京駅へ一人で行って、入場券でホームに入り、何番線から新幹線が発車するのかをたしかめもした。当日、迷《まよ》わないためである。

八重子おばさんが被爆者《ひばくしゃ》であることは、一城も知っている。四十一年前の夏、広島の街《まち》に原子爆弾《げんしばくだん》が落とされたとき、八重子おばさんは、爆心地《ばくしんち》から一キロ半ほどの所にいたそうだ。それはそれは大変な思いをしたらしい。戦後も、ずいぶん苦労《くろう》したようである。

「おばさんの話を、よく聞いてくるんだよ。きっと思い出に残る夏休みになるから」

家をあとにする日の朝、お父さんはこう言った。一城は八重子おばさんに会ったら、さっそく被爆体験を聞いてみるつもりだった。

列車は、ホームにゆっくりと停車《ていしゃ》した。人の波が、出口のほうへと流れていく。

一城は網だなからボストンバッグをおろすと、人の列に続いた。

ホームは帰省客《きせい》や、子どもづれの家族などでごった返していた。八重子おばさんは、どこにいるのだろう。七号車のうしろの出口の付近で待ち合わせの約束《やくそく》である。

一城は、柱のかげに人の流れをさけながら、あたりを見まわした。

そのとき、一城はポンと肩をたたかれた。

「一城ちゃん……だね！」

うしろからのぞきこむようにして、八重子おばさんが立っていた。ニコニコと目を細めて笑っている。

「まあ！　しばらく見んうちに、だいぶ大きうなったねぇ――」

「こんにちは！　八重子おばさん」

「一人で、よく来れたのう」

「新幹線で、まっすぐですから……」

「一城ちゃんも、もう中学生じゃけんね」

八重子おばさんは小柄《こがら》だった。上背《うわぜい》は、一城のほうがちょっとある。丸々とした体つきで、くりくりした目が、とても優《やさ》しい。全体に、はずむような活発《かっぱつ》な明るさがあふれている。

「お父さんからはね、いろいろ話を聞いとるけぇ、まあ、ゆっくりしていきんさい」

「よろしく、お願いします！」

一城は、ぺこりと頭を下げた。

駅前から、二人はバスに乗った。街並《まちな》みは夏の日差しをいっぱいに浴《あ》びて、むせかえるようである。

立派なビルが、たくさん立っていた。道行く人たちの服装《ふくそう》は、色とりどりで鮮《あざ》やかだった。

一発の原子爆弾は、広島を焼け野原と化した。しかし、その面影《おもかげ》は、もはや少しも感じられない。東京の繁華街《はんかがい》かと見まちがうほどだ。四十年の歳月《さいげつ》は、原爆《げんばく》の傷あとを、すべて洗い流してしまったのだろうか。バスの窓からながめながら、一城はそんなことを考えた。

南観音《みなみかんおん》町という停留所《ていりゅうじょ》で、二人はバスを降りた。この先には、広島空港があるという。八重子おばさんの家は、静かな住宅街の中にあった。

おばさんには、光枝《みつえ》という娘がいる。二人暮らしだ。おじさんは、ずっと前に何かの病気で亡《な》くなったということを、一城は聞いていた。

冷えたサイダーをコップに注《そそ》いで、八重子おばさんがすすめてくれた。

「もうじき、光枝が勤《つと》めから帰ってくるから……。そしたら、晩《ばん》ご飯にするからね。きょうは、ごちそうだよ」

そう言いながら、八重子おばさんは楽しそうに台所へと立った。

光枝が帰宅したのは、六時を少し回ったころだった。外は、まだ明るい。

「一城君、いらっしゃい！　よく来たわね」

「こんにちは――」

「久しぶりね。元気？」

「ええ……まあ……」

「何年生になったの？」

「中学二年になりました」

「どう？　学校生活は楽しい？」

「はあ……何とか……」

「あまり元気がないわね。長旅《ながたび》で疲《つか》れちゃった？　若いんだから、も少し、シャキッとしなくちゃだめよ」

笑顔《えがお》をいっぱいに浮かべて、光枝は語りかけてくる。はつらつとしている。その明るさに、一城は何となく圧倒《あっとう》される気分だった。

二人のやりとりをニコニコしながらながめていた八重子おばさんが、声をかけた。

「さあ！　ご飯ができたけぇ。みんな、はよ、来《き》んさい！」

テーブルの上に並べられたたくさんのおかずをつつきながら、一城は八重子おばさんに聞いてみた。

「おばさん、原爆が落ちたとき、広島にいたんでしょ。そのときのようすを聞かせてくれませんか」

八重子おばさんは、ハシの手を休めて、一城の顔を見つめた。

「……そのうちにな。時間は、たっぷりあるけん、まあ、あわてなさんな」

聞けば、すぐに話してくれるものと、思っていた。だが、そうした一城の期待《きたい》は、少しあてがはずれた。

（二）

人類史上初《じんるいしじょうはつ》の原子爆弾《げんしばくだん》の投下《とうか》は、広島だった——。それは昭和二十年（一九四五年）の八月六日午前八時十五分である。広島の空に炸裂《さくれつ》した、この一発の原子爆弾が、一瞬《いっしゅん》にして尊《とうと》い何万もの命《いのち》を奪《うば》ったことは、一城《かずしろ》もよく知っていた。さらに、三日後の八月九日には、二発目の原子爆弾が長崎に投下されている。ここでもたくさんの犠牲者《ぎせいしゃ》が出たことを、一城は学んでいた。

小学生のときに、学校の先生が話してくれた原爆《げんばく》の悲劇《ひげき》は、一城の胸を深くうった。兵隊や男の人ばかりでなく、女の人や幼《おさな》い子どもたちまでもが、そのために死んでいった。建物は倒《たお》れ、地上は真《ま》っ赤《か》な炎《ほのお》に包《つつ》まれた……。

そうした光景《こうけい》を、八重子《やえこ》おばさんは、よく知っているはずだ。なのに、どうしてすぐに話してくれないのだろう。

夏の一夜を、広島の地で過ごしながら、一城は、八重子おばさんの態度《たいど》に、不思議なものを感じてならなかった。

翌朝《よくちょう》も、すばらしい快晴《かいせい》だった。青い空に入道雲《にゅうどうぐも》がわいている。広島空港から飛び立つ機影《きえい》が、ときおり上空をかすめる。

八重子おばさんの家には、近所の人がよくやってくる。通りすがりの人も、気軽《きがる》に声をかけていく。そのたびに、おばさんは、生き生きとはずむように応対《おうたい》するのだった。

聞くところによると、八重子おばさんは、とても面倒《めんどう》みがいいらしい。だから、いろいろな人からさまざまな相談をもちこまれる。困ったことがあれば、みんながおばさんのところへ知恵を借りにくる。結婚の相手探《さが》しや、夫婦《ふうふ》げんかの仲裁《ちゅうさい》もあるということだった。

八重子おばさんは、親身《しんみ》になって相手の話を聞く。「ふーん、そうよねぇ」「ほう、ほう」「やれ、それは困ったことじゃのう」……と、一心にうなずきながら、話す人の身になって聞いてあげる。相談にやってくる人は、ていねいに話を聞いてもらっただけで、何だか気分が晴れ晴れとするのだった。

それだけではない。八重子おばさんは、ときどき相手のはっとするようなことを言う。そのひとことで、目からウロコが落ちることもしばしばだった。

「そりゃあ、あんたのほうに努力《どりょく》が足らんのよ！」といった、厳《きび》しい指摘《してき》もめずらしくはない。けれど、そうした忠告《ちゅうこく》も、八重子おばさんから言われると、相手はなぜか納得《なっとく》してしまう。話をゆっくり聞いてくれたうえでのひとことだから……かもしれなかった。

「八重子おばさんは、何でも相談できる人だよ」

そう語っていた父の言葉が、一城には、よく分かるような気がした。

広島に来て、いちばん見たいのは、原爆ドームだった。原爆で被害《ひがい》を受けた当時の姿《すがた》が、そのまま保存《ほぞん》されている。一城も、写真で見たことがある。それを、自分の目でたしかめたかった。

「ねぇ、おばさん。原爆ドームに連れてってってよ――」

「ああ、ええよ。連れてったげるけぇ。見せたいもんは、たんとあるんじゃ。だけど、原爆ドームは、ちょっとあと回し……」

「あと回し？　いちばん最初に行ってみたいんだけどな……」

「ものには、順序《じゅんじょ》があるんじゃ。あわてなさんな」

八重子おばさんは、ニコニコしている。一城は、またもけげんに思った。昨晩《さくばん》も、そうだった。被爆《ひばく》の話をしてもらおうと思ったのに、あのときも「あわてなさんな」と八重子おばさんは言った。どういうことなんだろう。もったいぶっているようすはない。何か深い考えがあるのだろうか。一城には、おばさんの気持ちがよく分からなかった。

八重子おばさんの家にも、キラキラとした真夏の太陽の光がいっぱい入ってきた。きょうも暑い一日が始まりそうである。

「はじめに広島城へ行こうかねぇ」

と八重子おばさんが言った。天守閣《てんしゅかく》のてっぺんにのぼって、広島の街《まち》を一望《いちぼう》しようというのである。

一城も、それには賛成《さんせい》だった。広島にもお城があったのか、どういうお城なんだろう、楽しみだな――。一城は、胸がわくわくするのを覚《おぼ》えた。

広島城の跡《あと》は、今、中央公園になっている。建物は、天守閣しか残っていない。江戸時代には、浅野《あさの》家の殿様《とのさま》が住んでいた。あの忠臣蔵《ちゅうしんぐら》で有名な赤穂《あこう》（兵庫県）の浅野内匠頭《たくみのかみ》は、ここの分家《ぶんけ》だそうだ。

明治四年（一八七一年）、それまでの藩《はん》を廃止《はいし》して県を設置《せっち》したいわゆる廃藩置県《はいはんちけん》が行われた。その時、建物はあらかた取り壊《こわ》されてしまった。西国《さいごく》一とうたわれた城郭《じょうかく》も、今では見る影もない。一城は、何だかもったいない気がした。

天守閣は、五層づくりであった。各階に、いろいろな物が展示《てんじ》してある。さまざまな冑《かぶと》や刀《かたな》もあった。戦陣《せんじん》で大将《たいしょう》のそばに立てておく馬印《うまじるし》もある。書画《しょが》や古文書《こもんじょ》もある。郷土《きょうど》から出たナウマン象《ぞう》の化石《かせき》もあった。天守閣のなかは、何となく、博物《はくぶつ》館《かん》のように感じられた。

一城と八重子おばさんは、展示された品をながめながら、だんだんと上へのぼっていった。階段が、けっこう急で、おばさんはちょっと息を切らせていた。

天守閣のてっぺんは、展望台《てんぼうだい》になっている。市内が、ぐるりと見わたせた。

「そっちのほうに流れているのが太田川《おおた》……」

と言って、八重子おばさんは西のほうを指さした。この広島城の近くで、太田川は天満《てんま》川と二つの流れになっていく。もう少し下流にいくと、今度は元安《もとやす》川という支流に分かれる。そこが原爆ドームのあたりである。

市内には、たくさんの川が流れている。広島は、これらいくつもの川の三角州《さんかくす》の上にできた町である。

「おばさん、原爆ドームは、どっちの方向？」

「あそこに、市民球場が見えるじゃろう。その向こう側じゃ。ここからは、よう見えんけどねぇ……」

八重子おばさんは、「よっこらしょ」と展望台のベンチに腰《こし》をおろした。涼しい風が入ってくる。おばさんはハンカチを出して、ひたいの汗をぬぐった。

「この天守閣はのう、新しく建てられたものなんじゃ……」

「あれ？　昔のものじゃないんですか？」

「ああ、昔の天守閣は、原爆で吹き飛んでしもうてねぇ……」

おばさんは、寂《さび》しげに答えた。

ここは、爆心地から一キロもない。強烈《きょうれつ》な閃光《せんこう》と爆風《ばくふう》は、天守閣を根こそぎにして、お濠端《ほりばた》のかなたへ投げ飛ばした。歴史の風雪《ふうせつ》に耐《た》えてきた建物は、一瞬のうちにバラバラに崩《くず》れ、瓦《が》れきの山になってしまった。残ったのは石垣《いしがき》だけだった。今ある天守閣は、戦後の昭和三十三年（一九五八年）に建てられたものだった。以前と同じ形に復元《ふくげん》したのである。

「へえー、この大きな天守閣が、根こそぎに……」

一城は、あらためて自分の立っている足《あし》もとをながめ回した。そして、原爆の落ちたという南西の方角へ目を向けた。

高いビルが、たくさん並んでいる。ところどころに緑の木立《こだち》が、ゆたかに茂《しげ》っていた。四十一年前の夏、あの上空に白い光が一閃《いっせん》したのだ。いったい、どのような光景だったろう……と一城は、心のなかで想像してみた。

次の日、八重子おばさんは、一城を縮景園《しゅくけいえん》へ連れていってくれた。広島藩主《はんしゅ》の浅野長晟《ながあきら》という人が、築造《ちくぞう》した庭園《ていえん》である。中国の西湖《せいこ》の絶景《ぜっけい》を縮《ちぢ》めて模《も》したところから、この名があるという。

庭園の中央に、大きな池があった。大小十あまりの島が浮かんでいる。変わった形の石橋が、かかっていた。まん中の部分だけが、太鼓橋状《たいこばしじょう》にぷくりとふくらんでいる。

二人は庭園の小道を歩いた。茶室や小亭《しょうてい》が、ところどころに置かれている。一城たちと同じように、散歩している人の姿が、木陰《こかげ》にちらほらと見えた。

庭園を一周して、ふたたび入り口の近くへ戻《もど》ってきたとき、八重子おばさんは強い日差《ひざ》しを木の葉の下にさけて、たちどまった。

「一城ちゃん、あそこの看板《かんばん》を見てみんさい……」

近づいてみると、一葉《いちよう》の写真だった。大きく引き伸ばされている。

縮景園の風景《ふうけい》だった。すっかり荒れ果てていた。樹木《じゅもく》は葉が落ちて、丸坊主《ぼうず》になっていた。枝は無残《むざん》に折れて、たれさがっていた。池にかかったあの石の橋が、焼けこげたように黒ずんでいた。台風と火事に、いっぺんに襲《おそ》われたような格好《かっこう》だった。説明書きがあった。昭和二十年（一九四五年）十月の撮影《さつえい》とある。原子爆弾による惨状《さんじょう》だった。米軍の資料に含《ふく》まれていた写真であるという。

見て回ったばかりの美しい庭園……。それが、こんな姿になってしまったのか……。

原爆で、大きな樹《き》や名木《めいぼく》のすべては枯《か》れてしまった。清風館《せいふうかん》や明月亭《めいげつてい》といった由緒《ゆいしょ》ある建物は、すべて焼け落ちた。見るかげもないありさまだった。

一城は、写真をじっと見つめた。広島の街並《まちな》みからは、もはやあの原爆の傷《きず》あとをうかがい知ることはできない。大きくて立派なビル、あふれるクルマ、はなやかな服装《ふくそう》の人たち……。

だが、その背後《はいご》には、あの日の悲惨《ひさん》な一瞬が、いたるところに刻《きざ》まれているのだ。四十年以上の長い時間を経《へ》ても、なお……。

縮景園をあとにしながら、一城の胸には、いろいろな思いが渦巻《うずま》いていた。太陽

は、アスファルトの歩道を、じりじりと焼いている。広島の夏は暑い。その暑さのなかで炸裂《さくれつ》した一発の原子爆弾……。

道ばたに、美しい紅色《べにいろ》の花が咲いていている。背丈《せたけ》ほどの灌木《かんぼく》だ。枝の先端《せんたん》に、今を盛《さか》りと咲き誇《ほこ》る花びらが、そっと彩《いろど》りをそえている。紅色ばかりでなく、純白《じゅんぱく》の花もあった。

そういえば、この花は、市内のあちこちでよく見かけた。

「おばさん！　この花は何ていうの？」

八重子おばさんは、黙《だま》って歩き続けている。聞こえなかったのだろうか。いや、そんなはずはない。おばさんは、しばらくしてから口を開いた。

「夾竹桃《きょうちくとう》……っていうんよ……。この花はあんまり見とうない……」

美しい花である。八重子おばさんは、どうしてそんなことを言うのだろうか。一城は、首をかしげた。

「夾竹桃……広島にはねぇ、この花はどこへ行っても多いんよ。あの日も……道ばたには、夾竹桃の花がいっぱい咲き乱れていてのう……」

八重子おばさんは、顔をあげて、遠くの白い雲をながめた。

完全に破壊《はかい》され、見る影もなく焼きつくされた広島の町――。何十年にもわたって、広島の大地には草もはえないだろう、と言われた。ところが、どうだろう。瓦れきの陰《かげ》から、しばらくたつと雑草《ざっそう》の青い芽が顔を出し始めた。夾竹桃も、翌年には鮮《あざ》やかな花を咲かせた。

荒廃《こうはい》した大地によみがえった生命の息吹《いぶき》は、みずみずしく、可憐《かれん》であればあるほど、地上の悲惨を浮《う》き彫《ぼ》りにした。そして、人々の悲しみをつのらせた。

毎年、夏が訪《おとず》れると、夾竹桃の花が必ず咲き始める。いく千、いく万の死者を、そっと包みなぐさめるように……。

そのたびに、八重子おばさんは心のなかに、あの言葉に言いつくせぬ地獄《じごく》の光景が、いやおうなく浮かびあがってくるのである。夾竹桃の花は見たくない、と言ったのも、そのためであった。

何ということだろう、と一城は思った。何と悲しい思い出であることだろう……。何と残酷《ざんこく》な体験であったことだろう……。

崩れた建物なら、また修復《しゅうふく》することもできる。しかし、心に焼きついた悲惨な思い出は、時の流れをもってしてもいやすことはできない。かえって、時とともに、その鮮烈《せんれつ》な印象《いんしょう》は強まるばかりだ。

自分がこれまで見聞きしてきた以上に、原爆の悲劇は深く大きい――。一城は、そう思い始めた。

その日の夜、一城は、タンスの上に一葉の写真が飾《かざ》られているのに気づいた。小さな額《がく》に入っている。何人かの婦人といっしょに、八重子おばさんが並んでいた。

背景には、大きなビルが写っていた。見覚《みおぼ》えのある有名な建物だ。一城はやがて、それが国際連合の本部ビルであることを思い出した。ニューヨークのマンハッタン、イースト川ぞいにある。たしか、教科書にも写真がのっていた。

「へえー！　すごいな、おばさん。ニューヨークに行ったこと、あるんですか？」

「四年前にのう」

「うしろに見えるの、国連本部ビルでしょう……」

「よう知っとるねぇ」

「観光旅行ですか？」

「そうじゃないんよ。国連軍縮《ぐんしゅく》特別総会へ、このおばさんが行かしてもろうたんよ」

「えっ！　軍縮……総会……ですって！」

「そう、一城君。お母さんと、私、国連本部に行ってきたのよ。驚《おどろ》いた？」

「ほんとですか？　どうして？」

「広島の被爆者《ひばくしゃ》の代表として——」

「わあー！　そのときの話、聞かせてください！」

昭和五十七年（一九八二年）のことだった。

全世界の人に核兵器《かくへいき》の恐ろしさを訴《うった》えたい――そうした八重子おばさんや光枝《みつえ》の願いは、思わぬことから実現することになった。第二回国連軍縮特別総会を機に、国連本部総会議場の一般ロビーで「核の脅威《きょうい》」展を開催できる運びになったのである。

この展示《てんじ》は、広島・長崎の若者が中心になって企画《きかく》したものだった。若者たちのなかには、被爆二世が多かった。父や母が原爆の被害にあった人たちである。自分は戦後の生まれで、原爆には何の関係もないのに、なお後遺症《こういしょう》で苦しむ子どもたちもいた。

若い彼らが汗を流して作りあげた展示は、徐々《じょじょ》に大きな反響《はんきょう》を広げていった。そしてついに、海を渡ってアメリカの、しかも国連本部で、「核の脅威」展を開くことができるようになったのである。

光枝は、こうした運動に、一生懸命《いっしょうけんめい》に頑張《がんば》ってきた一人であった。国連での展示の準備や、関連して行われるいろいろな催《もよお》しに出席するため、光枝はアメリカへ渡った。八重子おばさんも、広島・長崎の被爆者の代表として、一行に加わることになった。

　こうして八重子おばさんと光枝の母子は、二人そろってニューヨークへおもむくことになったのである。

「おばさん、向こうで被爆体験を話したんですか？」

「市民の人たちのいろんな集まりでね、やらせてもろうたんよ。みんな目を丸《まる》うして、聞いとったねぇ……」

　アメリカの人たちにとっては、初めて聞く衝撃《しょうげき》的な話であったようだ。被爆者の一人ひとりが語るたびに、聴衆《ちょうしゅう》のなかには青い目に涙をいっぱいにためる人がたくさんいた。話が終わると、会場はいつも大きな拍手《はくしゅ》に包まれた。

「それにしても、びっくりしたのはね、核兵器がどんなにこわいものか……それを、向こうの人は、あんまり知らないのよ！　一城君」

　原爆といったって、単なる大きな爆弾だとか、穴を掘って入っていれば大丈夫《だいじょうぶ》と信じこんでいる人が、意外《いがい》に多かった。そのことを知って、八重子おばさんと光枝は、本当に驚いたのだ。

そうした人に、原爆のこわさを語って聞かせると、「オー！　ノー！　ノー！」と、驚きの表情を見せるのだった。

「アメリカっていうと、〝自由の国〟で、原爆のこわさも国民みんなに広く知られていると思ったのに……」

光枝が、まゆをひそめた。

「だから、私らの役目が大事になってくるんよ。アメリカの人たちの一人ひとりに、そして世界の人たちに、原爆の本当のこわさを訴えていかなくてはのう……。それが、残された私らの使命なんよ」

八重子おばさんはそう言うと、一城の顔をじっと見つめた。

「核の脅威」展は大成功を収めた。国連総会に参加した世界各国の代表をはじめ、アメリカの市民も大勢《おおぜい》つめかけた。母親も、子どもたちも、原爆の恐ろしさを伝える展示に見入っていた。

そこには、広島・長崎の被爆市街地の全景写真……原爆ドームの模型《もけい》……熱線《ねっせん》を受けてボロボロになったズボン……閃光《せんこう》にさらされて表面がブツブツと沸騰《ふっとう》してしまった瓦《かわら》……等、そのときの凄惨《せいさん》さを物語る展示物があった。

また、ニューヨークをはじめ、モスクワ、パリ、東京などの上空で一メガトンの核が爆発した場合の被災想定図《ひさいそうていず》も掲《かか》げた。一メガトンとは、TNTと呼ばれる高性能爆薬《ばくやく》百万トンの威力《いりょく》に相当《そうとう》する核爆弾のことである。

広島型の原爆はTNT火薬《かやく》に換算《かんさん》して一万二千五百トン、長崎型は二万二千トンにあたる、とされている。それに比《くら》べたら、今日《こんにち》の一メガトンの核爆弾が、どれほどすさまじい破壊力《はかいりょく》を秘《ひ》めていることか。それは広島型の八十倍、長崎型の四十五倍もの威力があるのだ。

それなのに、戦後のアメリカとソ連は、核兵器を競争して作ってきた。今のこの世界には、総計二万メガトンもの核が保有されているといわれている。人類全体を何百回も殺すことのできる量である。

「ねえ、一城君！　どう考えたって、おかしいと思わない？　広島や長崎の悲劇が、まるで生かされていないじゃない！」

その通りだ、と一城は思った。戦後の人類は、いったい何をやってきたんだろう、いったい何をしようというのだろう……。

そのことに、展示を見たアメリカ人も、心から気づいたようだった。展示の運営にたずさわった光枝は、努力《どりょく》したかいがあった、としみじみ感じた。

八重子おばさんの印象に深く残っているのは、三人の学者との出会いであった。三人は、八重子おばさんたちの宿舎であるルーズベルトホテルまでやってきた。ぜひ、被爆者の方々にお会いしたい、というのである。そのうちの一人は、何と〝原爆の開発〟にたずさわった科学者グループの一員であった。

それは、不思議な巡《めぐ》り合わせである。原爆を作った人たちと、その原爆で地獄の苦しみをあじわった人たち……。何千キロという距離を越《こ》え、何十年という時間を越えて、両者が顔を合わせたのである。

八重子おばさんの胸には、複雑な思いが渦を巻いた。単なる驚きではない。怒《いか》りでもない。現代におけるもっとも恐るべき兵器——原爆によって、結びつけられた人と人との奇妙《きみょう》な出会いであった。

八重子おばさんたちは、かわるがわるみずからの体験を語った。三人は、身じろぎもせず、真剣に耳を傾《かたむ》けていた。そのうち、原爆開発の科学者が、うっすらと目に涙を浮かべているのに、八重子おばさんは気がついた。

みんなの話が一段落《だんらく》すると、その英知の科学者は静かに口を開いた。

「時代がどんなに変わっても、核の悲劇は二度と繰り返してはなりません。今では私も、心の底からそう思っています……」

彼は戦後、自分たちの作った原爆がいかに恐ろしい悲惨を招《まね》いたかを知り、慄然《りつぜん》としたのだった。彼はそれから、平和運動にたずさわるようになる。

有名な理論物理学者であるアインシュタインも、原爆の脅威を深く憂《うれ》えた一人であった。彼は一九五五年（昭和三十年）に、数学者・哲学者である友人のラッセルとともに、平和声明を発表した。核兵器の廃絶《はいぜつ》と戦争の阻止《そし》を訴えたのである。アインシュタインが、この世を去る直前のことであった。今日、その声明は〈ラッセル＝アインシュタイン宣言〉と呼ばれている。

それを具体化するため、世界の科学者がカナダのパグウォッシュに集まり、一九五七年（昭和三十二年）に第一回の会議を開いた。これには、日本からも、ノーベル賞科学者の湯川秀樹《ゆかわひでき》や朝永振一郎《ともながしんいちろう》らが参加した。以来、この会議は、毎年開かれている。最初の開催地《かいさいち》にちなんで、パグウォッシュ会議といわれる。八重子おばさんたちを訪《たず》ねてきた科学者の一人は、このパグウォッシュ会議の事務局長を長年にわたって務《つと》めてきた人であった。

科学者の多くは、自分たちがたいへんなものを作り出したことに気づいた。だが、それも後《あと》のまつりだった。原爆は、科学者たちの手を離れて、独《ひと》り歩きを始めたのだ。熱中《ねっちゅう》して原爆の開発に取り組んでいるときには、彼らは一人として、そんなことを考えもしなかった。ただひたすらに、異常なほどの熱意を研究に注《そそ》いだ。政府の命令というより、彼らは燃えたぎる使命感で、原爆の開発に打ちこんだのである。

ドイツと日本とイタリアの同盟国は、全世界に脅威を及《およ》ぼしていた。とくにナチスの暴虐《ぼうぎゃく》は、欧米各国の恐怖《きょうふ》の的《まと》となっていた。ナチスも原爆の研究に着手しているという。ヨーロッパとアメリカの科学者は、危機感に襲われた。自由と民主主義を守るため、彼らより先に原爆を作らなければならない。そうしないと、たいへんなことになる……。

だが、政治家は消極的だった。夢のような話だったからである。本当に原爆なんて作れるのだろうか、と彼らの多くは考えていた。軍部は、もっと露骨《ろこつ》にいやな顔をした。これは自分たちの実力に対する挑戦《ちょうせん》だ、と感じたからである。

原爆の開発は、マンハッタン計画と呼ばれた。その計画を、もっとも強力に推進《すいしん》したのは、ほかならぬ彼ら科学者たちだった。

彼らは、ほとんど不眠不休《ふみんふきゅう》で働いた。技術の粋《すい》を集め、開拓者《かいたくしゃ》精神を発揮《はっき》して、研究を進めた。そしてついに、驚異《きょうい》的に短い年月で、三発の原爆を作りあげた。

一九四五年（昭和二十年）の七月十六日――。世界で最初の原爆が、ニューメキシコの砂漠《さばく》にきのこ雲を噴《ふ》きあげた。実験は成功した。そのとき、ドイツはすでに降伏《こうふく》していた。

二発目の原爆は日本に運ばれ、八月六日、広島の上空で炸裂《さくれつ》した。その一発で、二十万もの人々が犠牲になった。そして三発目は、八月九日に、長崎へ落とされた。ふたたび、十二万人の市民が、恐ろしい被害を受けた。

放射能《ほうしゃのう》が人体にどれほど切実《せつじつ》な影響を及ぼすか――。そのことを、科学者たちは、ほとんど気にとめていなかった。ましてや、被爆した人々が、その後何十年にもわたって後遺症《こういしょう》に苦しむことになろうとは、想像だにしなかったにちがいない。

科学者たちは、やっとこれでひと仕事すんだとばかりに、もとの大学や研究所へ戻《もど》っていった。そのかわり、今度は政治家や軍人が、原爆という新たな発明物にとびついた。原爆は、戦後の国際政治のかけひきに使われる格好の材料となってしまったのである。

「原子爆弾を作りだしたのは、何よりも、科学者たちの純粋《じゅんすい》な熱意だったということ――ここのところが、とってもこわい、と思うのよ」

光枝が、しみじみとした口調で言った。

原子爆弾――。それはたしかに、人間の壮大な英知の結晶《けっしょう》にちがいなかった。しかし同時に、それは人類全体の生存《せいぞん》をも脅《おびや》かす巨大な〝怪物《かいぶつ》〟であった。まことに人間の賢《かしこ》さと愚《おろ》かさの極《きわ》みが、奇妙におりまざったのがこの原子爆弾の出現である、といってよい。

八重子おばさんと光枝の話を聞きながら、原子爆弾が人類と世界にもたらした深《しん》刻《こく》な意味を、一城はいやでも痛切《つうせつ》に考えずにいられなかった。

（三）

原爆《げんばく》ドームへ行ったのは、広島に来てから五日目のことである。光枝《みつえ》の勤《つと》めが休みだったので、三人は連れだって、朝の涼《すず》しいうちに家を出た。

相生《あいおい》橋のたもと近くに、原爆ドームはひっそりと立っていた。一城《かずしろ》はまるで別世界を見るような気持ちで、ほとんど流れのない、川面《かわも》を静かに見おろしているこの建物に近づいた。

鉄骨《てっこつ》だけになった丸屋根……レンガの地肌《じはだ》がのぞいている外壁《がいへき》……ぽっかりと口を開《あ》けたままの窓……。周辺《しゅうへん》には、草むす瓦《が》れきが、今なお地中から顔をのぞかせている。

一城は、崩《くず》れた外壁の間から、ドームの中をのぞきこんだ。ガランとした廃墟《はいきょ》の奥は、不気味《ぶきみ》な静けさが漂《ただよ》っていた。そこには、四十一年前の〝時〟があった。

この原爆ドームのほぼ真上《まうえ》、五八〇メートルの空中に、突如《とつじょ》、直径一〇〇メートルの巨大な火球《かきゅう》が出現した。次の瞬間、建物は、猛烈《もうれつ》な熱線《ねっせん》と爆風《ばくふう》に打ちのめされた……。

広島県産業奨励館《さんぎょうしょうれいかん》という建物だった。チェコ出身の建築家ヤン・レッツルの設計である。大正四年（一九一五年）、広島で催《もよお》された博覧会《はくらんかい》のために建てられたのだ。美しい緑の丸屋根は、当時の人々の目をひときわ引いたという。

しかし、この産業奨励館も、頭上《ずじょう》からのすさまじい一撃《いちげき》で、一瞬のうちに廃墟と化してしまった。かろうじて原形《げんけい》を一部とどめたまま、長い風雨にさらされてきた原爆ドーム……。そこに一城は、原子爆弾《げんしばくだん》の生々《なまなま》しいつめ跡《あと》を見る思いがした。

八重子《やえこ》おばさんと光枝と一城の三人は、原爆ドームのまわりをぐるりと一周すると、相生橋へ足を向けた。変わった形の橋だった。真上から見ると、ちょうど、T字型《がた》に見える格好《かっこう》である。

Tの字の横棒《よこぼう》は、本川（旧太田川）をまたいで両岸にかかっている。この相生橋のところで川は二手に分かれる。Tの字の縦棒《たて》は、そこにできた三角州《さんかくす》に届いている。つまり、相生橋は、三つの地点を結んでいるのだ。

三人は、相生橋を渡って、三角州の上に広がる平和記念公園へ出た。昔、このあたりは建物が密集していて、たくさんの市民が住んでいたそうだ。それもすべて、原爆であとかたもなく焼きつくされてしまった。

戦後、ここは公園になった。広い敷地には慰霊碑《いれいひ》があちらこちらに立っている。

「平和の鐘《かね》」「原爆の子の像《ぞう》」「原爆慰霊碑」……。

どこにも、たくさんの折り鶴がささげられていた。遠足や修学旅行でやってきた小中学生の短冊《たんざく》も、そえられている。短冊には、いろいろな言葉が書かれていた。

《平和は私達の願いです》

《戦争はぜったいしたくない》

《核兵器《かくへいき》をなくし平和な世界をつくろう》

たどたどしい文字でつづられた、子どもたちの訴《うった》えだった。

広島の空は、夏の太陽がまぶしかった。「原爆慰霊碑」の前に立っていた一城は、頭がクラクラするようであった。

原爆は、大人だけでなく、たくさんの若い命を犠牲《ぎせい》にした。何も知らない、いたいけな赤ん坊まで、焦熱地獄《しょうねつじごく》のなかで死んでいった。

それに比《くら》べて、今は、どうだろう……。戦争はない。平和な毎日だ。四十年の歳《さい》月《げつ》は、すべてを変えたかのように思える。しかし、今は、生命を本当に大切にしているだろうか。自分の命をみずからの手で絶《た》ってしまう中学生も少なくない。

なぜだろう。受験勉強にいや気がさしたり、学校の仲間にいじめられたり……。

そして、中村君のようなケースだってある。

だけど、どんなにつらくたって、昔に比べれば、今のほうがずっとましなはずだ。

生きるというのは、いったいどういうことなんだろう。戦争でいつ死ぬかもしれない昔のほうが、自分の生命をもっと大切にしていたかもしれない……。

だけど、やっぱり戦争はいやだ。人間は、どうして戦争なんか起こすんだろう……。一城の胸中《きょうちゅう》に、煩悶《はんもん》が渦巻《うずま》いた。

「原爆慰霊碑」のそばには、赤い炎《ほのお》がゆらいでいた。「平和の火」だ。照りつける太陽のもとで、ここだけはひときわ濃《こ》いかげろうが、ゆっくりと立ち上《のぼ》っている。世界から、すべての核兵器がなくなったとき、この火は消されるという。人類を破滅《はめつ》へ導《みちび》く核兵器が地上に存在するかぎり、この赤い炎は悲しげに燃え続けるのだ。消えるのは、いつの日だろう……と一城は思った。

平和記念公園には、外国人の姿《すがた》も見えた。家族づれも多い。子どもたちが「平和の池」のまわりで遊んでいる。

公園には、鳩《はと》がたくさん舞っている。人間に慣《な》れているのか、近づいても逃げようとしない。

平和そのものだ。しかし、たった一発の原子爆弾は、たちまちのうちに、この平和な風景《ふうけい》を地獄に変えてしまう……。

三人は、公園のはずれにある平和記念資料館の階段を上った。広島に落ちた原子爆弾がどれほどの被害《ひがい》をもたらしたか——それを示すさまざまな資料が収められている。

入り口近くに、投下された原子爆弾の実物大の写真があった。長さ三メートル、直径〇・七メートル、重さ四トン。〝リトル・ボーイ〟というニックネームで呼ばれたという。

爆発したウラニウムの重さは、たった一キログラムにすぎなかった。だが、それは、恐るべき威力《いりょく》を発揮《はっき》したのだ。

焦土《しょうど》と化した広島市街の模型《もけい》もあった。小さな球が、上から糸でつり下げられている。地上から五八〇メートルのその位置で、原爆は炸裂《さくれつ》したのだった。

別の一角には、三体の異様《いよう》な蠟人形《ろうにんぎょう》があった。炎の逆巻《さかま》くなかを、親子が逃げまどっている。ほとんど放心《ほうしん》状態で、幽霊《ゆうれい》みたいに両手を前へたらしている。髪《かみ》はボサボサで、指先からは、皮膚《ひふ》がボロ布のようにたれ下がっている。当時の惨状《さんじょう》を再現したコーナーだった。

ひんやりと涼しい館内を回るうち、一城はだんだんやるせない気持ちになってきた。原爆の被害はこんなにすさまじかったのか……という驚《おどろ》きが、一城の胸を鋭《するど》くついたのである。

しかし、それだけではなかった。展示《てんじ》されている遺品《いひん》の数々から伝わってくる何ともいえない雰囲気《ふんいき》に、一城は強い衝撃《しょうげき》を受けた。熱線を浴《あ》びて、ぐにゃりと曲がったガラスびん……。溶《と》けて、くっつきあったままの、何百本という縫《ぬ》い針《ばり》……。文字の部分だけが焼け落ちた名札《なふだ》……。丸焦《まるこ》げに炭化《たんか》したご飯がなかに残っている弁当箱……。

もはや悲惨《ひさん》という言葉だけでは、片づかない。永久に繰り返してはならない、このとんでもない暴力――。何と、おぞましいことだろう。どうして、こんなことが許《ゆる》されるのだろう。怒《いか》りと悲しみ、おそれとおののきが、一城の心の中を走った。

一城は、何も言えなかった。どんな言葉をもってしても、今のこの気持ちは表現できなかった。足どりが、自分のものではないような気がする。一城は、立ち止まって、大きく息をついた。

そのときだった。一城は、八重子おばさんの姿が見えないことに気づいた。ひっそりと静まり返った館内には、見学者が三々五々たたずんでいる。そのどこを探《さが》しても、八重子おばさんはいなかった。

「おばさん、どこへ行ったの……？」

一城は、光枝の顔を見上げた。光枝は、ふっと目をそらすと、つぶやくように言った。

「……気分が悪いのよ。……出口のところで待ってるはずよ」

八重子おばさんは、出口の脇《わき》のベンチにいた。目を固く閉じている。両手は握《にぎ》りしめられて、ひざの上に置かれていた。

「……おばさん、大丈夫ですか？」

「ああ……一城ちゃん。……心配はいらんのよ……心配はいらんのよ」

八重子おばさんは、自分を励ますようにそう言うと、ベンチから立ち上がった。

しかし、一城には分かった。八重子おばさんには、耐《た》えられなかったのだ。おばさんに、どうして遺品の数々を平気でながめることができよう。どれもみな、あの日の記憶を呼びさましてやまないのだ。

夾竹桃《きょうちくとう》の花にさえ、顔をそむけるおばさんである。ここは、おばさんにとって、あまりにも生々しいのだ。

四十一年前の夏、いったい八重子おばさんは何を見、何を聞いたのか……。一城はおぼろげながら分かる気もしたが、八重子おばさんの心の奥は、とてもはかりきれないように感じた。

資料館のとなりには、平和記念館がある。八重子おばさんは、近くの休憩所《きゅうけいじょ》で待っているという。一城は、光枝といっしょに、記念館へと足を向けた。

記念館では、記録映画を上映していた。広島や長崎の悲劇《ひげき》を伝える貴重《きちょう》なフィルムである。

被爆《ひばく》した人たちのようすが、次々に映し出されていく。焼けただれた人、人、人……。背中一面に火傷《やけど》を負《お》った男の人がいた。顔面へまともに熱線を浴びた母親もいた。そして、もはや動かぬ幼《おさな》い子どもたちもいた。

一人の少女が、スクリーンに現《あらわ》れた。じっと立っている。髪の毛は全部抜け落ちて、丸坊主《ぼうず》になっていた。

かわいい少女だった。少女は、カメラをまっすぐに見つめている。不思議なほど、静かで、おだやかなまなざしである。

少女は、何を考えているのだろう。何を感じているのだろう。放射線《ほうしゃせん》を全身に浴びて、髪がなくなってしまった少女……。お父さんやお母さんは、どうしたのだろう。この少女は、それからどうなったのだろう。

小さな女の子が、ベッドの上に横たわっていた。七つか八つぐらいだろうか。弱々しく身をよじって、しきりに泣いている。まわりで医師や看護婦《かんごふ》が、一生懸命《いっしょうけんめい》、手当てをしていた。

静寂《せいじゃく》のなかに、フィルムだけが回っている。ナレーションが入った。女の子は「お母さん……お母さん……」とつぶやいていたそうだ。その声が、このフィルムを撮《と》ったカメラマンの耳には、今でもこびりついて離れないという。

一城には、スクリーンがかすんで見えなくなった。一筋《ひとすじ》の涙が、ほおを伝った……。

父を失い、母を失い、兄弟を失い、そしてみずからも深い傷《きず》を負って……。それでも、子どもたちは「生きたい！　生きたい！」と一城に訴えかけているようであった。

どうして同じ人間に生まれてきたのに、こんなに苦しまなければならないのだろう。

大人たちが、勝手に始めた戦争だ。この子たちには、何の責任もないはずだ。もしこれが、自分たちのことだったらどうだろうか。

ふと中村君のことが、頭に浮かんだ。自分で招《まね》いた災《わざわ》いなら、少しはあきらめもつくけれど……。中村君の場合だって、同じだ。彼は少しも悪くない。なのに、自殺に追いやられるほど、中村君は悩んだのだ。

そのとき、一城は思った。中村君もきっと、心の底では「生きたい！　生きたい！」と叫《さけ》んでいたにちがいない。その生命の力を、どうしたらよみがえらせることができるのか。そのために、ぼくは何をしたらいいのか。ぼくにできることは何なのだろう。

平和記念館を出ても、夏の日のまぶしい陽光《ようこう》に目を細めながら、一城は考え続けた。人の幸せとは何だろう……。不幸は、どうして起きるのだろう……。生きるって、どういうことなんだろう……。

八重子おばさんは休憩所で待っていた。三人はジュースを飲んだ。冷えていて、とてもおいしかった。飲みかけのコップをテーブルの上へ置くと、八重子おばさんは戸外《こがい》の日差《ひざ》しへ目を向けてつぶやいた。

「今年も、暑い夏になったねぇ……」

「一城君！　疲《つか》れたでしょ」

「いえ、平気です。だけど……こんなにひどいとは思いませんでした……原爆というものが……」

「だけどね……あれでも、まだまだ足らんのよ。あの百倍も、千倍も、もっともっとひどいんよ。広島の悲劇はのう……」

「お母さんは、今でも夏になると、体《からだ》の具合《ぐあい》がおかしくなるのよ」

「へえ……今もですか！　元気そうに見えますけど」

「この時期になると、熱もないのに体がカーッとなってねぇ……。息苦しくて、だるいんよ……。ひと休みすれば、もとに戻《もど》るんだけどね……」

「お母さん、じゃあ先に帰ってて。一城君は、あたしが案内するから――」

ふだんは、かくしゃくと動き回っている八重子おばさんである。何でも、てきぱきと事を運ぶ。近所の人たちとの話しぶりを見ていても、気さくで明るい。

それが、どうしたことだろう。毎年、原爆の落ちた季節になると、体調がおかしくなるというのだ。後遺症《こういしょう》は、いまだに続いているのである。

建物の日陰《ひかげ》づたいに、バスの停留所《ていりゅうじょ》へと歩いていく八重子おばさんを見送ると、光枝は元気づけるように、一城の肩をポンとたたいた。

「さあ！　行動開始よ！　最後に、もう一つ、一城君にぜひ見せておきたい所があるの！」

光枝は、椅子《いす》からさっと立ち上がると、平和記念公園のなかを、今来た方角へと戻り始めた。一城は小走りで追いつきながら、光枝の顔をのぞきこんだ。

「あの……」

「なあに、一城君」

「……おなか、すきませんか？」

「あっ、そうか！　もう、お昼過ぎだもんね。うん、すぐそこだから、そのあとお昼にしましょう！　冷やし中華でも、ご馳走《ちそう》するから。それまで、おあずけ」

光枝は、公園の西のほうへすたすたと歩いて行く。一城は、あわてて光枝のあとについて行った。

やがて二人は、橋のたもとへ出た。欄干《らんかん》に本川橋《ほんかわ》と書いてある。川の向こうは、にぎやかなビル街だ。今度はいったいどこへ行くのだろうと一城は思った。平和記念公園は、橋のこちら側までであった。

橋を渡ったすぐ右の一角に、柵《さく》で囲われた小さな土地があった。石碑《せきひ》が立っている。

「さあ、ここよ！」

光枝が立ち止まって、振り返った。

石碑は、石造りの大きな亀《かめ》の甲羅《こうら》にのっている。変わった形だな、と一城は思った。

碑には、「韓国人《かんこくじん》原爆犠牲者慰霊碑」と刻《きざ》まれていた。

「韓国……？　韓国の人たちも、原爆の被害を受けたんですか？」

「そうよ――」

当時、広島には、約十万人の韓国人がいた。多くの人々は、工場や土木工事の現場で働いていた。そのうちの何と二万人が、あの原爆で命を奪《うば》われたのである。

韓国の人たちも、たくさん犠牲になっている。そのことを知ったとき、光枝はグループの友達と、今も広島にいる韓国人被爆者から話を聞いてみよう、と思いたったのである。

だが、韓国の人たちの口は意外《いがい》に重かった。光枝が会いに行った婦人も、最初は「あんたらに話すことなんか、なんもない」と、けんもほろろだった。

それでも光枝は通い続けた。「おばさん、元気？」と、機会があれば立ち寄った。心を開いて語ってくれるまで、一年かかった。

土地を奪われ、職を求めて日本へやってきたこと。安い賃金で過酷《かこく》な労働をしいられ、食いつなぐために、各地を転々としたこと。そして広島で、原爆の閃光《せんこう》を浴びたこと。親しい人もなく、さりとて故国《ここく》へ帰ることもできず、たった独《ひと》りでつらくさびしい戦後の日々を送ってきたこと……。

そうした話を聞いて、光枝は、それまで自分たちだけが被害者だ、と思っていたが、そうではないことを知らされた。ここには、二重三重の苦しみを背負《せお》ってきた人たちがいるのだ。

歴史的にみれば、韓国の人たちは、日本ともっとも交流の深い民族である。ある意味では、文化の懸《か》け橋となって、日本と大陸をつないでくれた恩人《おんじん》ともいえよう。ところが、明治四十三年（一九一〇年）の日韓併合《にっかんへいごう》以来、植民地政策《しょくみんちせいさく》によって、韓国の人たちは言うに言われぬ不当な扱《あつか》いを受けた。そのうえ、広島と長崎では、原爆の悲劇をもこうむったのである。

しかも、戦後も彼らへの救済《きゅうさい》は遅《おく》れた。多くの人の努力によって、韓国人被爆者に原爆治療法《ちりょうほう》がどうにか適用されるようになったのは、何と昭和五十三年（一九七八年）、原爆が投下されてから三十三年も経《へ》てのことであった——。

平和記念公園から川一本へだてた所に、ポツンとさびしそうに立つ慰霊碑。とても悲惨な目にあったのに……。一城の心はますます重くなった。

「私が話を聞いた韓国の人たちはねぇ、本当に優《やさ》しかったわ。まるでお母さんみたいなぬくもりを感じたの。大変な苦労をしてきたのにね。でも、つらいことを経験してきているからこそ、人を思いやる気持ちの大切さを身にしみて感じているんじゃないかしら……」

光枝は、にっこりとほほえんだ。

「よし！　それじゃあ、お昼にしようか」

「賛成《さんせい》！」

二人は、勢いよく歩き始めた。


午後から、夕立《ゆうだち》になった。なかなか降りやまなかった。雨脚《あまあし》は、ときどき思い出したように強くなった。

あしたは、いよいよ東京へ帰る日だ。中村君は、どうしているだろう。一日も早く、元気になってほしい——。

この一週間近く、八重子おばさんと光枝は、一城をいろいろな所へ連れていってくれた。広島城や縮景園《しゅくけいえん》、平和記念公園ばかりではない。

広島港の桟橋《さんばし》や元宇品《もとうじな》公園にも行った。こども文化科学館も楽しかった。デパートでの買い物にもついて行った。市民球場でプロ野球の観戦もした。八重子おばさんと光枝は、熱烈《ねつれつ》な広島カープのファンなのだ。

何だか、あっという間に、時間がたってしまった気がする。けれども、一城は、ずいぶんたくさんのことを学んだ思いだった。そして、何よりうれしかったのは、八重子おばさんと光枝の気さくで明るいもてなしだった。

八重子おばさんは、今でも夏になると体調がおかしくなるらしい。けれども、それを乗り越えて、毎日はつらつとしている。たいへんな人生を送ってきたのに、あの元気はいったいどこから来るのだろう。本当に強い人というのは、おばさんのようにたくさんの苦難《くなん》に打ち勝ってきた人のことかもしれない。

光枝にも、伸び伸びとした明朗《めいろう》さがあった。ひとみは、いつもキラキラと輝いていた。何をするにも、快活《かいかつ》な素振《そぶ》りがとても印象的《いんしょうてき》だった。

雨が、また一段と激《はげ》しくなった。涼しい風が、家の中をゆるやかに流れていく。

光枝の本棚《ほんだな》をのぞいてみよう、と一城は思った。「原爆のことを書いた本なら、あたし、たくさん持ってるから、暇《ひま》があったら見てごらんなさい」と言う光枝の言葉を、思い出したからである。

本棚のひとつの段は、原爆関係の本ばかりだった。被爆の体験集がある。写真集もある。小説や詩もある。

一城は、しばらく背表紙《せびょうし》をながめていたが、やがて一冊の本を取り出した。パラパラとページをめくると、平和記念資料館で見た遺品の数々が写っていた。

そのうち、〝リトル・ボーイ〟が目についた。広島に投下された原子爆弾である。となりのページには、元安川《もとやすがわ》での水泳風景の写真がのっていた。子どもたちが、たくさん遊んでいる。川のシジミがとれたという。それは昭和十五年（一九四〇年）ごろのおだやかな夏の日に撮影《さつえい》されたものである。

一城は、そのあたりの文章を何気《なにげ》なく読んでみた。どうして広島に原子爆弾が落とされるにいたったのか――が書いてあった。

原爆開発のマンハッタン計画は、驚くべき早さで進み、一九四四年（昭和十九年）八月には一年後に完成する見通しがたった。翌九月、原爆投下の任務《にんむ》をになう第509混成《こんせい》部隊が編成《へんせい》され、極秘裏《ごくひり》のうちに訓練が開始された。

一方、日本のどこに原爆を落とすかをめぐって、さかんに討議《とうぎ》がかわされた。軍《ぐん》需施設《じゅしせつ》があって、そのまわりに密集した建物がある都市——それが選択《せんたく》の基準《きじゅん》になった。

原爆の威力を正確に測定《そくてい》するため、目標になりそうな都市は「絶対に爆撃《ばくげき》するな」という命令が出されていた。日本の主要《しゅよう》都市がアメリカの爆撃機B29の大編隊《へんたい》によって次々と襲《おそ》われるのに、なぜか広島には大規模《だいきぼ》な空襲《くうしゅう》がまるでなかった。

広島県は昔から、ハワイやアメリカへ渡った人が多い。「広島は米国に二世が多いから空襲されないんだ」という噂《うわさ》すら広まった。

白い雲をひいて、敵機の編隊が、はるか上空を通り過ぎる。どこの都市へ向かうのだろうか。市民は、もう慣《な》れっこになっていて、振り返りもしない。子どもたちも「今のはBさんだ」と言って爆音《ばくおん》のあてっこをしながら、川遊びに興《きょう》じていた。

子どもたちは、じつにたくましい。大人たちの始めた戦争をよそに、彼らは暗雲《あんうん》のたちこめる時代にあってもなお、みずからさまざまな遊びを編《あ》みだし、活発に日々を生きる。しかし、戦火の残酷《ざんこく》な嵐《あらし》は、そうした子どもたちのささやかな日常生活をも、情け容赦《ようしゃ》なく吹き飛ばしてしまう……。

一九四五年（昭和二十年）七月十六日の午前五時三十分——。史上初《しじょうはつ》の原子爆弾が、ニューメキシコ州アラモゴードの砂漠《さばく》で炸裂《さくれつ》した。その二時間半後、重巡洋艦《じゅうじゅんようかん》インディアナポリス号は、原爆第二号を積んでサンフランシスコを出港した。

七月二十五日、トルーマン大統領は、原爆投下の命令書を承認《しょうにん》した。日本の降伏《こうふく》を勧告《かんこく》するポツダム宣言が発表される前日のことだった。

一、第20航空軍第５０９混成部隊は、一九四五年八月三日以降、天候が目視《もくし》爆撃を許すかぎり、なるべくすみやかに最初の特殊《とくしゅ》爆弾を次の目標の一つに投下せよ。
　目標＝広島、小倉、新潟および長崎
二、特殊爆弾計画者による諸準備の完了次第《しだい》、第二発目を前記目標に投下するものとする。前記以外の目標を選定する場合は別に指令する。
三、本兵器の対日使用に関する情報は、陸軍長官および大統領以外にはいっさい洩《も》らさないこと……。

七月二十六日、インディアナポリス号はグアム島の北西にあるテニアン島に到着し、原爆が陸揚《りくあ》げされた。八月五日夕刻、原子爆弾〝リトル・ボーイ〟は、B29エノラ・ゲイ号に積みこまれて発進準備を完了した。

八月六日午前二時四十五分（日本時間＝午前一時四十五分）、エノラ・ゲイ号はテニアン島を飛び立った。投下作戦に参加したのは、七機のB29だった。まず、エノラ・ゲイ号の発進一時間前に、三機の気象《きしょう》観測機が、それぞれ広島、小倉、長崎の各都市へ向かった。投下時の科学観測と写真撮影をする二機は、エノラ・ゲイ号のあとについた。残り一機は、他機の故障に備えて、硫黄《いおう》島で待機する手はずだった。

八月六日……その日は、月曜日だった。それまで、空襲がなかったとはいうものの、広島は西日本の中心的な軍都である。いざというときの準備は、着々と進められていた。

建物の疎開《そかい》も、第六次の作業が進行中だった。この日も、六つの地区に分かれて、二千五百軒の家を取り壊《こわ》すことになっていた。

空襲による火災の拡大《かくだい》を防《ふせ》ぐためである。消防道路や防空《ぼうくう》小空地《あきち》を造って、何とか被害を最小限にくいとめようというのが疎開の意味であった。

疎開作業のため、広島の周辺地域からは、国民義勇隊《ぎゆうたい》がたくさんやって来た。中学校や高等女学校の生徒も、動員された。集合時間は、午前七時である。

日差しの強い朝であった。七時九分、警戒警報《けいかいけいほう》のサイレンが鳴り響《ひび》いた。生徒たちは、教師の指示で、いっせいに物陰《ものかげ》へ身をひそめた。

そのとき、一機の気象観測機が、広島から二十五キロの上空にさしかかっていた。地上は厚い雲におおわれていた。ところが、やがて、目の前に雲の切れ間が大きく広がった。一万メートル下に、広島の緑の街並《まちな》みがくっきりと浮かびあがった。

気象観測機は、郊外《こうがい》でUターンして、もう一度、広島上空の雲の切れ間を確認した。そして、エノラ・ゲイ号へあてて暗号電報を打った。

Y3…Q3…B2…C1
七時三十一分、広島市内に、警戒警報解除《かいじょ》のサイレンが鳴った。避難《ひなん》していた国民義勇隊や動員学徒たちは「やれ、やれ」といった気分で、物陰から姿を現した。市民たちは、ふたたび朝のあわただしい日常生活へと戻った。

エノラ・ゲイ号は、気象観測機から送られてきた暗号を解読した。

——広島上空は、雲量《うんりょう》全高度を通し十分の三以下。第一目標爆撃をすすめる。

エノラ・ゲイ号の機長は、送話器《そうわき》のスイッチを入れて、乗員《じょういん》に告げた。

「ヒロシマだ——」

それから四、五分後、エノラ・ゲイ号の照準器《しょうじゅんき》に、広島の市街が見えてきた。投下目標は、市街の真ん中にあるT字型の橋である。相生橋だった。

照準器に刻まれた十文字の中心に、T字型の橋がだんだんと近づいてきた……。


「一城君！　あらっ、えらいじゃない。読書中ね」

「……ああ、光枝ねえさん。お帰りなさい」

「よく降るわね、この雨……。さっ！　晩《ばん》ご飯よ」

茶の間へ入ると、八重子おばさんが料理を並べていた。

「さあ、どんどんおかわりしんさいよ。今晩《こんばん》で、おしまいなんじゃやけぇね」

いろいろと心に残る広島への旅だった。けれどもまだ、八重子おばさんから、原爆の話は、聞いていない。もう、今夜しか、チャンスはない。食事が終わったら、おばさんに言ってみよう……一城は、ハシを動かしながら思った。

テーブルの上を片づけると、光枝がスイカを運んできた。切り分ける光枝ごしに、一城は、テーブルの向こうにちょこんと座《すわ》っている八重子おばさんを見つめた。おばさんは、優しいまなざしを、光枝の手元に注《そそ》いでいる。一城の心を読み取るように、おばさんはそっと口を開いた。

「一城ちゃんと……ちょうど同じ年ごろじゃったんよ。あの日は……灼《や》けつくような太陽と……青空が、いっぱいに広がっとってねぇ……」

八重子おばさんは、語り始めた。長い……長い……物語だった。

（四）

八重子《やえこ》は、高等女学校の二年生だった。十四歳である。

生活は、戦争一色に染《そ》まっていた。大人たちばかりではない。中学校や高等女学校の生徒たちも、軍需《ぐんじゅ》工場での手伝いや建物の疎開《そかい》作業に駆《か》り出されていた。毎日が、その連続で、授業の行われる日は数えるほどしかなかった。

思いきり勉強したい。思いきり本も読みたい。戦争は、いったいいつ終わるのだろう。早く平和な日が訪《おとず》れてほしい。戦争はすべてを犠牲《ぎせい》にしてしまう。勝っても負けても、その代償《だいしょう》はあまりにも大きすぎる……。最初はものめずらしさも手伝って、勤労奉仕《きんろうほうし》に励《はげ》んでいた八重子も、やがては苦痛《くつう》を感じ、そんなふうに思うようになっていった。

昭和二十年（一九四五年）八月六日のその日――。八重子は、朝早くから鶴見町《つるみ》の疎開現場にいた。取り壊《こわ》された建物の後かたづけをするのである。八重子たちは、作業にかかるため、整列して名前を呼ばれているところだった。

時計の針は、八時を回っていた。一時間ほど前に警戒警報《けいかいけいほう》のサイレンが鳴り、しばらく物陰《ものかげ》に避難《ひなん》したけれど、結局、何事も起こらなかった。ただ、そのため、いつもより作業の開始が遅れた。

B29が、つらい仕事に取りかかるのを、少し延《の》ばしてくれた。そう思うと、八重子は、となりの級友と顔を見合わせて、にっこりとほほえんだ。

「あっ、落下傘《らっかさん》だ！」

そのとき、だれかが叫《さけ》んだ。どこだろう……八重子は、空を仰《あお》いだ。次の瞬間……。

ピカッ！

空一面に、光が走った。太陽の何百倍もの、強烈《きょうれつ》な閃光《せんこう》だった。

八重子は、とっさに身を伏《ふ》せた。

ドーン！　ゴゴーッ！

耳をつんざき、大地を揺《ゆ》るがす轟音《ごうおん》と爆風《ばくふう》が、同時に襲《おそ》った。八重子は、体《からだ》が宙に浮くのを感じた。

気がつくと、あたりは薄暗く、黄色いけむりのようなものがたちこめており、奇《き》妙《みょう》な静けさに包《つつ》まれていた。建物は、みな跡形《あとかた》もなく破壊《はかい》されている。今までいっしょにいた級友たちの姿《すがた》がない。

八重子は、顔を上げた。空の一角に、むくむくわき上がる雲と、オレンジ色の光が、不気味《ぶきみ》に渦巻《うずま》いている。

初めて見る恐ろしい光景だった。奇怪《きかい》な光を発しながら、雲はぐんぐん大きくなっていく。八重子は、たいへんなことが起きたと思った。

このときの閃光と原子雲《げんしぐも》は、距離や角度によって、さまざまに見えた。青白い光だったと言う人もいる。オレンジ色の雲が広がったと語る人もいる。黒みがかった朱色《しゅいろ》の雲を見た人もいる。

路地《ろじ》のあちらこちらから、うめき声や悲鳴《ひめい》がわいてきた。服はボロボロに焼け、髪《かみ》はボサボサに逆立《さかだ》った人々が、よろめくように立ち上がった。八重子は、あまりのショックに、ただぼう然とこうした光景《こうけい》をながめるばかりだった。そして、やがて自分も同じ姿であることに気づいた。

そっと手足を動かしてみる。それほどひどいけがではないらしい。しかし、頭からは、べっとりと血が流れ落ちている。ひたいに手を当てて、八重子はふらつく足を踏みしめた。

すぐ近くに、京橋《きょうばし》川がある。とにかく、その川づたいに歩いていけば牛田《うしだ》町の自宅までたどり着けるだろう……と八重子は考えた。ここからは、二キロ半ほどの距離である。

京橋川の岸辺《きしべ》は、逃げまどう人でいっぱいだった。ほこりと血にまみれ、幽霊《ゆうれい》のようにさまよっている。

前へたらした手の先から、何かがぶら下がっている。よく見ると、はがれた皮膚《ひふ》であった。親にはぐれたのか、幼《おさな》い子が泣き叫んでいる。それが突然、ぱたりと倒れたかと思うと、もう動かなくなった。

あちこちから、火の手があがっていた。猛烈《もうれつ》な勢いで、燃え広がっていく。火炎《かえん》は天空《てんくう》をこがし、火の粉《こ》はとぐろを巻いて流れ、そのなかを真っ黒になった人々が、よろめきながら逃げていく。地獄《じごく》があるとすれば、こうした光景だろうか。

どこをどう歩いてきたのか、八重子はよく覚《おぼ》えていない。気がついてみると、栄《さかえ》橋のたもとだった。やっと道のりの半分であった。対岸は、火の海だ。橋の上や道路には、焼けただれた死体が無数にころがっていた。

熱気に耐《た》えられず、八重子は川べりの砂地に下りた。服も焼け落ち、丸はだかになった人たちがひしめいていた。川のなかにも、死体が、折り重なって浮いていた。

炎熱《えんねつ》の突風《とっぷう》が、ゴーッと吹き寄せた。それが時折《ときおり》、たつ巻となって、焼けたトタン板や燃えさかる戸板《といた》を、空中へ巻き上げる。

たつ巻が、川面《かわも》を走った。水柱が、くるくると舞い上がる。八重子は吹き飛ばされまいと、川端《かわばた》の杭《くい》に必死になってしがみついた。顔や手に、水しぶきや砂つぶが針のように降り注《そそ》ぐ。

この広島の街に、いったい何が起きたのか。緑輝く街並《まちな》みは、セミしぐれの響《ひび》く

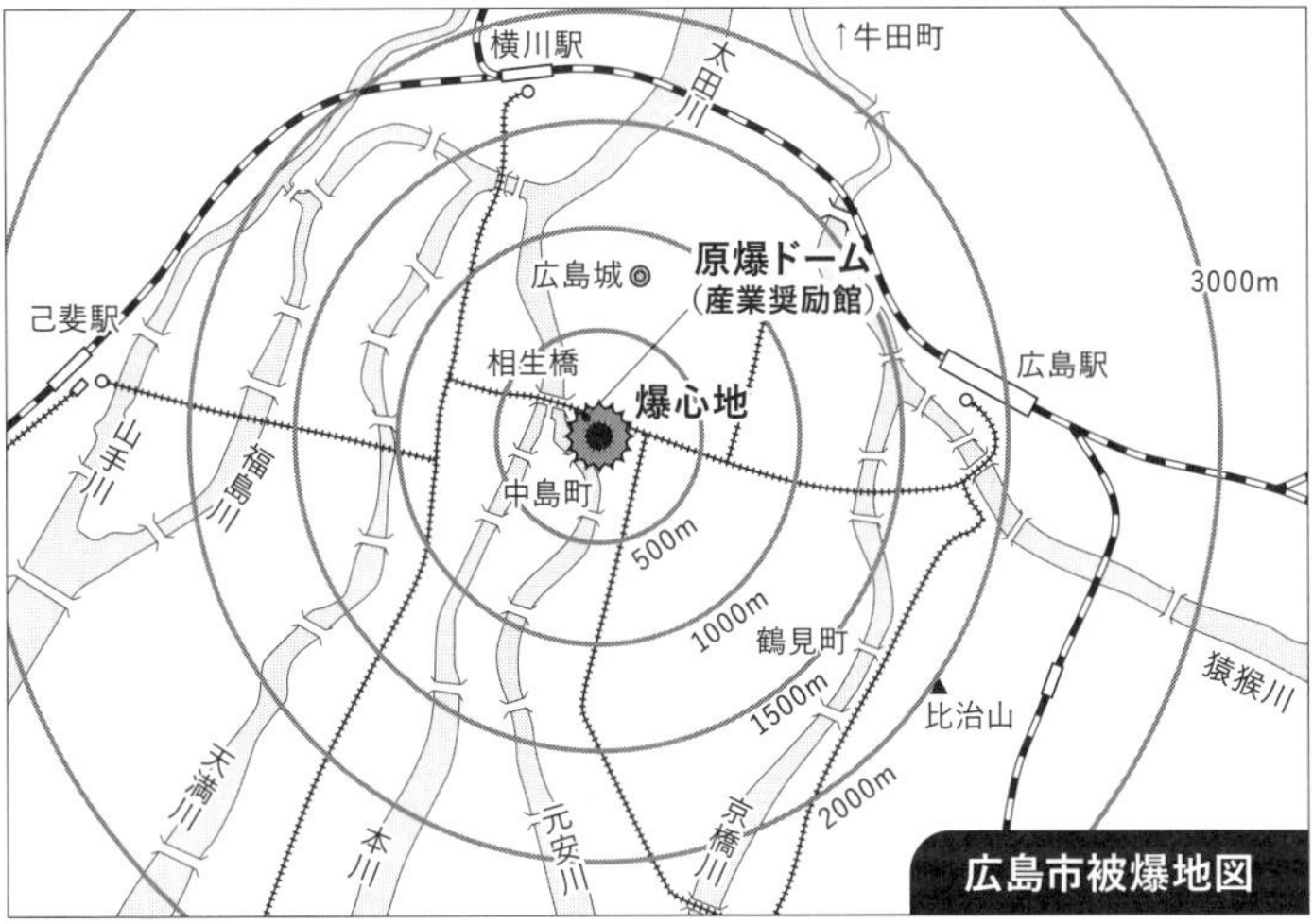

広島市被爆地図

あのいつもの夏の日は、どこへ行ってしまったのだろう……。

牛田町の家へたどり着いたときには、すでに夕方近かった。わずか二キロ半の道のりが、信じられないほど長く感じられた。

体はもう、くたくたである。全身いたるところ火傷《やけど》だらけで、両腕《りょうで》の皮はべっとりとはがれ落ちていた。

家は、骨組みがかろうじて残っているだけだった。窓ガラスや戸板は、すべて吹き飛んでいる。家具はバラバラになって散乱し、見る影もない。火の手が、ここまで迫《せま》ってきていないのが幸いだった。

「おお……八重《やえ》ちゃん。よう戻《もど》ってこれたのう……」

近所のおじさんだった。毛布を持って来て、肩にかけてくれた。

やわらかいぬくもりが、八重子の背中を優《やさ》しく包んだ。何ともいえない安心感が心に広がっていく。やっと生きている心地がした。けれどもそのとたん、「生」と「死」の極限《きょくげん》のはざまをくぐり抜け、それまで張りつめていた心の糸がプツリと切れた。八重子は、思わず全身を震《ふる》わせた。せきを切ったように、家族への思いがあふれてきた。

お母さんは、大丈夫だろうか。看護婦《かんごふ》をしているお母さんは、きょうは朝から、舟入《ふないり》町の病院へ出かけていた。

お父さんは医者だった。今は派遣《はけん》で岡山のほうに行っている。こんなとき、お父さんがそばにいてくれたら……。一日も早く帰ってきてほしい、と八重子は願わずにいられなかった。

兄の篤志《あつし》は、学徒出陣《がくとしゅつじん》で、中国大陸へ渡っていた。大学へ入ったばかりなのに、戦局が悪化し、わずか十八の若さで兵隊にとられたのである。

弟の広志《ひろし》は、国民学校の三年だった。学童疎開《がくどう》で家にはいなかった。疎開先では、空腹とシラミとノミに悩まされる毎日のようだった。

家族いっしょに暮らせるのは、いつの日のことだろう。戦争は、平和な家庭をもバラバラにしてしまった。

日が暮れ、夜になっても市街地の火災は、おさまりそうにない。お母さんが、あそこにいるのだ。生きていて！　死んだらだめ！　八重子は、祈るような気持ちで、闇夜《やみよ》を赤く染める不気味な炎を見つめた。

翌七日――。八重子は、防空頭巾《ぼうくうずきん》を水でぬらしてかぶり、水筒《すいとう》を肩にかけて家をあとにした。お母さんを捜《さが》しに行くのである。

火はだいぶおさまっているとはいうものの、市の中心地へ近づくにつれ、だんだんと炎と煙が強くなってくる。

八重子は、相生橋《あいおい》へ出た。欄干《らんかん》は、左右に押し広げられるようにして、崩《くず》れおちていた。路面はガタガタになっていた。のちの調査によると、上空から押し寄せた爆風は、川面で反射し、橋げたを一メートル以上も持ちあげたという。

焼け野原の広がるなかに、あの丸い屋根の産業奨励館《さんぎょうしょうれいかん》の廃墟《はいきょ》が見える。頭上ではB29の爆音が、とどろいていた。しかし八重子には、逃げる気力もなかった。

川の上手《かみて》で、三人の男の人が、死体を岸辺に揚《あ》げているのが見えた。八重子は、三人のほうへ近づいていった。

「お姉ちゃん、だれかを捜しに来たのかい。こんなに焼けぶくれになっているんじゃ、だれがだれやら、分からんよ」

「お母さん……」

八重子は答えるともなくつぶやいた。

ひょっとしたら……まさか……ふと心によぎる不安を打ち消しながら、八重子はまた、あてどもなく母を捜し続けるしかなかった。

そのうち八重子は、この近くに叔母《おば》と十歳の女の子が住んでいたことを思い出した。見当をつけて、家のあったあたりへ行ってみると、見覚《みおぼ》えのある石の門柱が見つかった。

門柱だけを残して、あたり一面はすっかり焼け尽くされている。台所のあった付近で、八重子はこげた瓦《かわら》の間から、二体の骨がのぞいているのを見つけた。八重子は、「あっ！」と小さな叫びを上げた。叔母と従妹《いとこ》にちがいない。八重子は震える手を、静かに合わせた。そっと手を伸ばして小さな骨をいくつか拾《ひろ》うと、ハンカチで丁寧《ていねい》に包んだ。

何回となく遊びにきた家である。叔母さんは、いつも八重子を自分の娘のようにかわいがってくれた。四つ年下の従妹も、八重子が行くと「お姉ちゃん！　お姉ちゃん！」と寄ってきて、そばを離れようとしなかった。

あの二人は、もういない。叔母さんのこぼれるような笑顔も、従妹のくりくりとしたまなざしも、もはや見ることができない。それを思うと、八重子は心のなかに、ぽっかりと大きな空洞《くうどう》が広がるのを覚えた。

八重子はよろよろと立ち上がると、また歩き出した。少し行くと、電車の線路がカーブしている所に水槽《すいそう》があった。防火用水である。水を求めて、群《むら》がった人々も、もう少しも動かない。水槽のふちに体をひっかけたまま、息絶えた人……。うつぶせになって、水に浮かんでいる人……。

そのとき、またB29の爆音が聞こえた。八重子は、水槽の陰《かげ》に身を寄せた。そこには、若い母親が赤ん坊をしっかり抱きしめて死んでいた。赤ん坊は、乳をくわえたままの姿だった。

見るにしのびない母子のなきがらを目にしたとたん、それまで耐えに耐えてきた心の張りが、ふいに崩れるのを感じた。八重子は大声をあげて泣いた。怒《いか》りと悲しみで、胸がはち切れそうだった。涙は、あとからあとから、とめどなくわいてきた。焼け野原に、八重子の泣き声だけが、いつまでも流れていた……。

翌日も、そのまた翌日も、八重子は焼け跡をさまよった。ろくに食べる物もない。空腹と疲労《ひろう》で、今にも倒れそうになる体を必死で支《ささ》えながら、それでも八重子は、母を求めて歩き続けた。

八月十日のことであった。肩を落として帰ってきた八重子に、近所のおじさんが声をかけた。

「八重ちゃん、あしたは、いっしょに捜しに行ってあげるから……。元気を出しんさい」

おじさんはそう言うと、八重子の手の中に、乾《かん》パンの入った紙袋を押しこんだ。十一日早朝、八重子はおじさんと連れだって、舟入町へとおもむいた。お母さんの勤めていた病院があった所である。この辺は、もう何回も歩いた。

後かたづけをしている人の姿が、ちらほら見えた。このあたりにいた人は江波《えば》のほうへ逃げたという。江波の国民学校が被災者《ひさいしゃ》の収容所《しゅうようじょ》になっているらしい。

江波の学校には、収容者の名簿があった。八重子とおじさんは、たんねんに指でたどりながらページをめくったが、そのなかにお母さんの名前はなかった。二人は、全部の教室をのぞいて回った。それでも、お母さんの姿は、見あたらなかった。

「おーい、おケイさんや！　八重ちゃんが捜しに来たぞー。おケイさんはおらんか！　おったら返事をしてくれぇ!!」

おじさんは、大きな声で呼びながら、教室をもう一度回り始めた。

いくつめの教室だったろう。おじさんの呼びかけに、すぐそばに横たわっていた人が、苦しそうに上半身を起こした。

「八重ちゃん……」

虫の鳴くような、弱々しい声だった。八重子が、はっとして振り向くと、そこには、なつかしいお母さんの面影《おもかげ》があった。

「お母ちゃん！　お母ちゃん！」

八重子は必死になって抱きついた。

あの日からつらくて悲しいことばかりだった……。そのなかで、八重子は初めて、心からの安心感を味わったのである。

だが、それも、つかの間だった。お母さんのあまりにひどいようすに、八重子は言葉を失った。顔中包帯《ほうたい》だらけで、右半身は大火傷《おおやけど》を負っている。いたるところに、血がカチカチに固まっていた。

「おケイさん、良かった！　良かった！　生きとって良かった！　あんたに食べさせようと思うて、わしはトマトを持ってきたんじゃ」

お母さんは、この数日間、食べものらしいものは何も食べずに横たわっていたのである。医者も少なく、薬もなかった。ましてや、放射能《ほうしゃのう》による障害を知るよしもなく、治療《ちりょう》としては火傷の跡にチンク油を塗《ぬ》るほかなかった。そのチンク油でさえ足りなくなり、食用油を使う始末《しまつ》だった。それでも、治療を受けられる人は、まだましなほうであった。半死半生《はんしはんしょう》の人々は、なすすべもなく放置《ほうち》されたままであった。

翌日、八重子はおじさんの手を借りて、大八車《だいはちぐるま》を引きながら、お母さんを我が家へと連れ帰った。包帯を取ってみて、八重子は息をのんだ。

鼻のところがはじけて、上と下から白い骨がのぞいている。右の目は、熱線《ねっせん》と爆風を浴《あ》びて、無残《むざん》にもつぶれていた。

近くの国民学校の講堂《こうどう》に治療所が開かれている、と聞いた八重子は、お母さんをそこへ運んだ。校庭いっぱいに、負傷者《ふしょうしゃ》の長い列ができていた。三人の医者が、休むまもなく、治療にあたっている。一時間、二時間と待つうち、負傷者のなかにはピクリと体を震わせて、そのままこと切れてしまう人もあった。

三時間近くたって、ようやく八重子たちの順番が回ってきた。医者は、お母さんを一目見るなり、

「ああー、これは！　この傷《きず》で……よう生きとったねぇ……」

と、声をしぼり出すように言った。医者にも、手のほどこしようがなかった。傷口

を消毒して、薬を塗ることしかできなかった。

傷ついたお母さんを支えて、治療所を出た八重子に、夏の強い日差《ひざ》しが容赦《ようしゃ》なく降り注いだ。そのとたん、八重子は軽いめまいを覚えた。

十四歳の八重子にとって、母の重みは肩にこたえた。しかも、日中《にっちゅう》の炎天下《えんてんか》である。家の近くに開かれた治療所とはいえ、往復の道のりが八重子には耐えがたく感じられた。

八重子は、はっと気を取り直すと、母の背中へまわした腕《うで》に力をこめた。国民学校の校庭には、まだ負傷者の長い列が続いている。傷ついた人々の流れは、とぎれる気配《けはい》がない。

多くの人がひどい傷を負い、たくさんの人が命を失った。どうして、人間は、戦争なんかをするのだろう……。互《たが》いに傷つけあったりするのだろう……。八重子はそのことを、痛切に思わずにはいられなかった。

家へ戻る途中、八重子の耳もとで、お母さんがポツリともらした。

「あのお医者さんの声……何だか……お父さんに似とったねぇ……」

八重子は、あっと思った。言われてみると、たしかにお父さんのような声だった。ひょっとしたら、あのお医者さんは！……。

「お母さん！　ちょっとここで、待っていて……」

八重子は、お母さんを道ばたの石垣《いしがき》の陰へそっともたせかけ、今来た道を戻り始めた。どうして気づかなかったんだろう。なぜお医者さんの顔をよく見なかったんだろう。本当にお父さんだったんだろうか。でも、お父さんなら、私たちのことが分かったはずだ……。胸のなかにわきあがる期待と疑問で、八重子は自分がくたくたに疲れきっていることも忘れて、治療所へと走った。

「すみません！　さっきのお医者さんに、もう一度、会わせてください！」

八重子は、入り口の所で負傷者の列を整理している看護婦に声をかけた。息をはずませ、ひたいに玉の汗を浮かべている八重子を振り返ると、看護婦はとまどいの表情をみせた。

「さっきのお医者さん？」

「はい！　向こうのいちばんはしで、患者《かんじゃ》さんを診《み》ていたお医者さんです！」

「だけど……みんな順番で……こうやって並んでるんだし……」

「いえ、ちがうんです！　あのお医者さん、あたしのお父さんかもしれないんです！」

看護婦にも、やっと事情がのみこめたようだった。大きくひとつうなずくと、

「そうなの!?　さ、いっしょについていらっしゃい」

と言って、看護婦は足早に歩きだした。

治療所の中の向こうのはしにいるお医者さん！　負傷者の列をかき分けながら進む八重子の目に、医者の姿がだんだんと近づいてくる。

八重子は、そばに近寄って、医者の顔をまじまじと見つめた。医者は治療の手を休めて、八重子のほうに視線を向けた。

ちがう！　お父さんじゃない！

八重子は、両足から力が抜けていくのを覚えた。自分の勘違《かんちが》いだった。ここにお父さんのいるわけがない。だって岡山のほうへ派遣《はけん》で行っているのだから……。

八重子の落胆《らくたん》のようすを察してか、医者が優しく声をかけた。

「どうしたの？」

「…………」

「この子がね、先生をお父さんじゃないかと思ったんですって……」

医者は首をかしげながら、八重子に今度はこうたずねた。

「お父さんの名前は？」

八重子の返答に、医者は驚《おどろ》いたように眉《まゆ》を上げた。

「ああ、そうか！　お父さんとは、ついさっき、交代したばかりなんだよ。たしかに今までここにいたんだ」

派遣先の岡山から、負傷者の治療のため、お父さんはこの広島へ戻っていたのである。しかし、お父さんには、みずからの家族の安否《あんぴ》をたしかめる余裕《よゆう》すらなかった。次から次へと訪《おとず》れる負傷者の応対に手いっぱいで、眠る時間もとれないほどであった。そして、さきほど勤務《きんむ》をかわり、大きな病院へ負傷者を転送するトラックに同乗して、となりの町へ向かったというのである。

一足ちがいだった……。どうして、あのとき……。そう思うと、八重子は残念でならなかった。

信じがたい話であるが、八重子にしても、医者であるお父さんにしても、家族すら見分けられないほど、疲労の極《きょく》に達していたのである。

八重子は、ここ数日、食事も満足にしていない。お母さんを治療所に連れてくるのがやっとで、目の前はかすみ、体はふらふらであった。だから、お母さんを診ている医者が、自分のお父さんであることさえ、分からなかったのである。

お父さんも、同様だった。岡山からただちに呼び戻されて、不眠不休《ふみんふきゅう》で働き続けていた。しかも、お母さんは、二目《ふため》と見られないほどの深い傷を負っていた。八重子も、髪は乱れ、見る影もなかった。医者が自分の妻子に気づかなかったのも、無理はなかったのである。

もう少しのところだったのに……。けれども、お父さんは、もうこの広島の街へ戻ってきているのだ。もうすぐ家に帰ってくるにちがいない。それまで、あたしがしっかりとお母さんの面倒《めんどう》をみよう。そう心に決めると、八重子はお母さんの待っているところへ急いだ。

お父さんは、なかなか戻ってこなかった。お父さんにとっては、家族のことが気がかりでならなかったけれども、目の前の傷ついた人々を見捨てさることはできなかったのである。それが、医師の使命であるからだ。

八月十五日――。お昼に天皇陛下《へいか》の玉音《ぎょくおん》放送があるという知らせを聞き、八重子はラジオが聞ける集会所まで近所の人たちと行ってみることにした。

正午になって、ラジオから放送が流れ始めた。みんな緊張《きんちょう》して耳を傾《かたむ》けている。言葉がむずかしく、雑音も多かったので、八重子にはよく意味が分からなかった。

放送が終わっても、しばらくの間、だれも口を開こうともしない。やがて一人の男の人が、背中を震わせ、こらえきれずに激《はげ》しく泣き崩れた。それにつられて、おばさんたちもはらはらと涙を落とした。

「日本は……どうやら……戦争に負けたようじゃ……」

八重子のとなりにいた中年の男の人はそう言うと、その場にしゃがみこんだ。

「これまでの苦労も水の泡《あわ》じゃ」

「アメリカ兵が上陸してきたら、どうなるんじゃろう」

「でもこれで、空襲《くうしゅう》はなくなるのう」

みんなのそんな声をよそに、八重子は戸外《こがい》へ出た。どこまでも広がる青い空に、白い雲がぽっかりと浮かんでいる。

やっと戦争が終わった。でも、それで、お母さんの傷が治《なお》るわけではない。広島の街がもと通りになるわけでもない。失ったものは、あまりにも大きい……。

お父さんが帰ってきたのは、それから二日後のことであった。ほおはげっそりとこけ、見るからに疲《つか》れきっているようすだった。やっと時間を見つけて、我が家へ戻ったのである。

しかし、そんなお父さんを待っていたのは、骨組みだけになった家と、傷だらけになった妻子だった。お父さんはすぐに、床《とこ》に横たわったままのお母さんのところへいき、ていねいに診察《しんさつ》した。

「お父さん！　ねえ、お父さん！　お母さんは大丈夫？　もと通り、元気になるんでしょ！」

八重子は必死にたずねた。しかし、お父さんは、黙《だま》ったまま容体《ようだい》を診ている。しばらくしてから、お父さんはゆっくりと体を起こした。そして、かたわらの八重子の目をまっすぐに見つめた。

「……お母さんが一日も早く良くなるよう、お父さんも頑張《がんば》る。だから八重子も、くじけちゃいけないよ」

「お母さん、助かる⁉」

「うん、でも、この広島の街へ落ちたのは、新型の爆弾《ばくだん》だからね」

「新型の爆弾?」

「……たった一発で、何万人もの人たちが殺され、傷ついたんだ」

そのときのお父さんには、原子爆弾の威力《いりょく》が常識をはるかに超《こ》えたものだ、ということは分かっていた。しかし、かろうじて生き残った人々の体をも、目に見えない放射能がだんだんとむしばんでいくとは、考えも及《およ》ばなかった。

戦争が終わったとはいうものの、生活が楽になる気配はいっこうにない。学童疎開から弟の広志が帰ってきてからは、毎日の食べ物を手に入れるのに、ますます苦労しなければならなくなった。

米や野菜《やさい》は、あいかわらず配給《はいきゅう》で、一家四人の空腹を満たすにはいたらなかった。

「お姉ちゃん、おなかがすいたよー」

広志のそんな声を耳にするたび、八重子はつらい思いを味わうのだった。

配給の大豆《だいず》を水につけてふやかす。近所の畑から、さつまいもの茎《くき》をとってきて、それを刻《きざ》む。米は、ほんのひとつかみしかない。それらをいっしょにして、水っぽいおかゆを作る。八重子たちは、それを〝ざぶざぶ雑炊《ぞうすい》〟と呼んだ。

こうした食事を分けあって、一家は日々を食いつないだ。


その年の暮れ、消息《しょうそく》の分からなかった篤志兄さんの戦死公報《せんしこうほう》が届いた。港の桟橋《さんばし》で手渡された白木《しらき》の箱の中に遺骨《いこつ》は一片もなく、そのあまりの軽さに八重子の胸は悲しさでいっぱいになった。

出征の前日、篤志兄さんは、八重子と弟の広志を宮島の浜辺《はまべ》へ連れていってくれた。今にして思えば、二人を安心させようという気持ちだったのであろうか、いつになく快活《かいかつ》に振る舞う兄であった。

そろそろ帰ろうかというとき、兄は静かに立ち止まって、八重子と広志をじっと見つめた。それまでの柔《やわ》らかいほほえみが、兄の表情からは消えていた。兄の真剣なまなざしに、八重子は思わず息をのんだ。

「八重子……広志……」

二人は、夕日に輝く兄の顔をあおいだ。

「仲良く……元気でな。お父さん、お母さんの言うことを、よくきくんだぞ」

あのときの兄さんの姿は、今でも八重子のまぶたにはっきりと残っている。

篤志兄さんが、こんな姿になってしまった……。白木の箱を胸に抱く八重子は、あまりの切なさに声を出すこともできなかった。

兄さんが死んでしまったなんて、とても信じられない……。しかも、遺骨ひとつ戻ってこないとは……。

激戦地で散った兵隊の多くは、弔《とむら》われることすらなかった。遠い異境《いきょう》の地で草むすままにさらされ、あるいは、暗い海の底へ消えたしかばねの、何と多かったことか。家族のもとへ戻ってくるのは何も納《おさ》められていない白木の箱ただひとつ……そんなことも、めずらしくはなかったのである。

病床《びょうしょう》にふせたお母さんは、篤志兄さんの戦死を知ると、身を震わせて泣いた。空《から》の箱を胸に強く抱きしめて、はらはらと涙をこぼした。

その日から、お母さんは、みるみるうちに弱っていった。がっくりと気落ちしたように、話しかけても言葉少なにこたえるだけになった。

それだけではない。夜になると、うなされるようにもなった。轟音《ごうおん》と爆風を思い出してか、風の音にもこわがるのである。

兄の名を呼びながら、家の外へ手さぐりでさまよい出てしまう夜もあった。そんなお母さんを、八重子とお父さんは追いかけて、なだめながら我が家へ連れ戻すのである。このようなことが、何度も続いた。

終戦から三年目の夏、お父さんが急性白血病《きゅうせいはっけつびょう》で死んだ。原爆《げんばく》の放射能によって血液が侵《おか》されたためだった。

傷ついた人々を助けるために、一生懸命《いっしょうけんめい》だったお父さん……。それなのに……どうしてお父さんがこんなに早く死ななければならないんだろう……。

一家のショックは、はかりしれなかった。いちばん頼《たよ》りにしていたお父さんが、いなくなってしまったのだ。家の中は、火が消えたようになった……。

一カ月後、お父さんのあとを追うように、今度はお母さんが息を引きとった。もはや精も根《こん》も尽きはてたかのような死であった。

一家を支えてきたお父さんが死んだ。優しかった兄も、もう帰らない。そして、お母さんも……。

おまけに、そのころは、八重子自身、原爆のひどい後遺症《こういしょう》に襲われていた。髪が抜ける。体中《からだじゅう》に紫色《むらさき》のアザが出る。熱っぽく、全身がだるい……。

幼い弟の広志をかかえて、これからどうやって生きていけばよいのか。すべての望みは、なくなった。生きる気力も、消え失《う》せた。十七歳の八重子にとって、人生はあまりにも過酷《かこく》であった。

八重子の心に、死への誘惑《ゆうわく》がふときざしたのは、まだ暑さの残る夏の終わりのことであった。広志と連れだって、八重子は我が家をあとにした。

二人は太田《おおた》川の河原《かわら》へ出て、流れにそって歩いた。どれくらい来ただろう。向こうに相生橋の影が見えた。

橋の欄干に身をもたせかけて、八重子はきらめく川面をじっと見つめた。日が落ちるまでここにいよう、と八重子は思った。

この相生橋には、いろいろな思い出がある。めずらしいT字型の橋を、行ったり来たりして遊んだ幼いころ……。家族そろって、この橋を渡り、中島《なかじま》町のお店でカキを食べた冬の日……。無惨《むざん》な姿に変わりはてた橋をあとに、お母さんを捜してさまよった三年前の夏……。

「お姉ちゃん、ねえ、どうしたの? もう帰ろうよ」

うながす広志の肩をおさえて、八重子はそっとつぶやいた。

「広志……。お母ちゃんの所へ行こう……。父ちゃんや兄ちゃんも、みんないるよ……」

広志は、いぶかし気《げ》な視線《しせん》を姉へ向けた。次の瞬間《しゅんかん》、八重子の言葉の意味するところが分かったのだろう、広志はいつになく大きな声で叫んだ。

「ぼくは、いやだ！　母ちゃんは死んじゃって、もういないじゃないか！」

「…………」

その勢いに圧倒《あっとう》されて、八重子は思わず口をつぐんだ。

そのとき八重子は、橋を渡ってくる人影に気づいた。だんだんと、こちらへ近づいてくる。

「八重子！　八重子じゃないか！」

驚いて振り返ると、そこには国民学校のときに教わった先生が立っていた。何かと面倒《めんどう》をみてくれたクラスの担任《たんにん》である。

習字のとき「うん！　元気で、いい字だ」とほめてくれた先生。日本の昔話ばかりでなく、世界の国々の物語を、面白《おもしろ》く語ってきかせてくれた先生。かぜがなかなか治らなかったとき、心配して家まで見舞いにきてくれた先生。だけど、叱《しか》るときは、とてもこわかった……。

そのなつかしい先生が、優しいまなざしを八重子に注いでいたのである。

思いがけない出会いだった。八重子は、心のなかに何ともいえない安らぎが広がるのを感じた。何年ぶりになるだろう。先生は八重子のことを、まだ覚えていてくれたのだ。

先生は、すぐに家族のことを聞いた。八重子はポツリポツリと話し始めた。やがて、言葉はあとからあとから、堰《せき》を切ったように流れ出した。心にたまっていたつらく悲しい出来事《できごと》……それに耳傾《かたむ》けてくれる人を得て、八重子は思いのたけをせいいっぱい語り続けた。

先生は「うん……うん……」と小さくうなずきながら、真剣に八重子の話を聞いている。八重子の話が一段落《だんらく》すると、先生は、一つ大きく息をついた。先生は、しばらく何も言わなかった。そのうち先生は、八重子の大きな瞳《ひとみ》をいたわるように見つめて、そっと口を開いた。

「八重子……死ぬことは……簡単だよ」

八重子は、ドキッとした。心のなかを見抜かれたような気がしたからである。八重子は目を丸くして、先生の顔をうかがった。

「……あの原爆でね、ぼくも妻を失った。二人の子も奪《うば》われた。ぼくは、一人取

り残されてしまった。どうして、こんな悲しい目にあわなければならないんだろう……。こんな残酷《ざんこく》なことが、あっていいのか……。どうしようもない絶望感に、ぼくはとらわれた……」

先生は、遠くの空へまなざしを向けた。川面をわたる風が、八重子のほおをそっとなでた。

「……だけど、そのうち、ぼくはいちばん大切なことに気づいたんだ。生き残ったぼくまでが、人生をすてたら、たった一発の原爆に、人間はとことん負けてしまったことになる。今こそ、人間の力を示さなければならない。あの原爆の恐るべき破壊力《はかいりょく》にも、けっして壊されない、けっしてくじけない人間の力を、見せつけてやるんだ。妻や子どもたちの分まで、ぼくは、生きて生きて生き抜かなければならない！　そう心に決めたんだ……」

「………」

八重子は、じっと先生の顔にまなざしを注いだ。

「八重子、君の気持ちは、ぼくにも痛いほど分かる。けれど、どんな目にあっても、人間の力はそれよりもすごいんだ。人間の心はもっともっと強いんだ——そのことを、多くの犠牲になった人々のためにも、ぼくたちは証明していかなくちゃならない。そう思わないかい、八重子」

そう言うと、先生は、ポケットから手帳《てちょう》を取り出した。そして、空白のページを開くと、そこに万年筆で一字一字ゆっくりと何かを書き始めた。

やがて、先生は、そのページを切り離すと、八重子に渡した。八重子は、紙片に目を落とした。そこには、こんな言葉が記《しる》されていた。

運命は私たちに幸福も不幸も与えない。ただその材料を提供《ていきょう》するだけだ。その材料を好きなように用《もち》いたり、変えたりするのは、私たち自身の心である。どんなことにも負けない強い心が、あるかないかで、人は自分を幸福にも、不幸にもできるのだ。

八重子の心の底で、何かが光った。それは、みるみるうちに輝きを増し、やがて夜明けのまぶしい太陽のように、心のすみずみを照らしだした。そのとたん、今まで味わったことのないさわやかな力と喜びの渦《うず》が、八重子の全身にみなぎった。

そうだ！　絶対に、負けてはいけないんだ！

ここでくじけてしまったら、お父さんやお母さんを、もっと悲しませることになる。みんなのためにも、生き抜くんだ！

そのことに気づいたとき、八重子の目から、涙がどっとあふれた。

——どんなことにも負けない強い心。

この言葉が、八重子の胸のなかに、何度も何度もこだました。

人生には、つらいこともある。苦しいこともある。挫折《ざせつ》することもあれば、絶望感に襲われるときもある。しかし、それらはすべて、自分の人生をつくりあげる材料なのだ。それを不幸と感じて人生の敗北者になるか、幸福へのバネとして生き抜くか――それは、ひとえに「どんなことにも負けない強い心」にかかっている！

三年前、爆風と業火《ごうか》を浴びた路上の木々の梢《こずえ》には、はや緑の葉がゆたかに生《お》い茂《しげ》っている。西の空には、美しい夕焼けがいっぱいに広がっていた。燃えあがるような夕日の輝きが、先生と八重子と弟の広志を包んだ。

（五）

東京へ向かってゆっくりと走り始めた新幹線の窓に、思い出深い広島の街並《まちな》みが流れていく。わずか一週間足らずの旅であった。しかし、この広島で過ごした夏の日々は一生忘れないだろう、と一城《かずしろ》は思った。

すべてを語り終えたときの八重子《やえこ》おばさんのすがすがしい表情が、一城の脳裏《のうり》に焼きついている。おばさんの語ってくれた話は、一城の想像を絶《ぜっ》していた。驚《おどろ》きと感動が五体をめぐり、その余韻《よいん》は一夜あけても消え去るどころか、一城の心をより強く、より深く満たした。

きのう一日じゅう降り続いていた雨も、けさはすっかりあがり、まぶしい日の光がさんさんと照り輝いている。一城には、雨に洗われた広島の街が、みずみずしく感じられた。

八重子おばさんの話に出てきた弟の広志《ひろし》とは、一城のお父さんのことである。お父さんも、苦労したんだろうな。そう思うと、一城は何だかお父さんを見直したい気持ちになった。

八重子が、新しい人生の第一歩を踏み出したあとも、すべての苦しみから解放されたわけではなかった。

食べていくために、八重子は懸命《けんめい》に働いた。幸いなことに、知り合いの薬屋さんが雇《やと》ってくれたが、それだけでは弟をかかえて生活することができず、夜は近くの食堂の手伝いをして過ごした。

一日が終わると、体《からだ》はくたくたであったが、ここでくじけてはいけない、一生懸命頑張《がんば》れば、きっと道は開けていく——そう自分に言い聞かせて、歯をくいしばった。

八重子に小さな春が訪れたのは、それから五年目のことであった。健気《けなげ》に働く姿《すがた》を見初《みそ》められ、結婚することになった。しかし、幸せな思いにひたったのもつかの間であった。

結婚して最初に生まれた子が、わずか二週間でこの世を去ってしまったのである。原爆《げんばく》の後遺症《こういしょう》だった。全身に青いあざが浮き、手足をかたく縮《ちぢ》めて……。八重子の体の異常《いじょう》を、すべてその子が引き受けて息を引きとったかのようであった。原爆は、八重子ばかりでなく、その子どもにも魔の手を及ぼしたのである。

二番目に生まれた光枝《みつえ》は、幸い何の後遺症もなく、すくすく育った。だが、光枝が三つのとき、今度はそれまで元気だった夫が突然、死去《しきょ》するという悲しみに見舞われた。胃ガンであった。やはり広島で浴《あ》びた放射能《ほうしゃのう》が原因になったという。

「……いろんなことがあったけどねぇ、苦しいときこそ、ファイトを燃やすことにしたんよ。原爆なんかくそくらえって、ね」

そう語ってニコリとした八重子おばさんの表情が、一城の心に焼きついている。そこに、人生を力強く歩む八重子おばさんの〝秘密〟があるような気がした。

人間はだれでも、いつかは死ぬ。だからといって、みずからの手で人生に終止符《しゅうしふ》を打ってしまってはいけない。どんな人にも、その人にしかできない尊《とうと》い生き方があるのだ。

八重子おばさんも、そのことに気がついた。原爆のこわさを一人でも多くの人に訴《うった》えていこう、そのためにも私は生き抜くのだ――と、心に深く決めたのである。

「あんたら若い人がね、今度はおばさんたちの願いを引き継《つ》いでほしいんよ。核《かく》兵器《へいき》なんかない平和な世界をつくっていってほしいんよ」

八重子おばさんはこうも言った。その切なる訴えを聞きながら、一城は、平和記念公園にともっていた「平和の火」を思い起こした。この地上から核兵器がなくなったとき、あの火は消されるという。あれを消すのは、ぼくたちの使命だ――と一城は感じた。

そんなことを思い返しながら、一城は自分たち一人ひとりの人生がいかに大事なものであるかを、痛切に感じないわけにはいかなかった。一城は、自殺しようとした中村君に何だかとても会いたくなった。どうしているだろう。

――中村君、頑張れ！

心のなかの中村君に、一城は力いっぱい呼びかけた。

新幹線は、スピードを上げた。木々の緑が、飛ぶように流れていく。一城は、体中《からだじゅう》にさわやかな躍動感《やくどう》がわいてくるのを覚《おぼ》えた。

帰京してから、一城はすぐに中村君を訪《たず》ねた。病院の玄関へと続く並木は、セミしぐれに包《つつ》まれていた。木《こ》もれ日が、病院の白壁《しらかべ》に木の葉のシルエットを落としている。一城は、中村君の病室の窓を見上げた。

部屋に入ってきた一城を見て、中村君は小さくこくりとうなずいた。前より少し顔色は良くなっている。だが、いぜんとして生気《せいき》がない。一城はベッドに近づき、そばの椅子《いす》を引き寄せた。

「どう？　具合《ぐあい》は？」

「……うん」

「いつごろ、退院できるんだい？」

「……もうちょっと……かかるみたい」

一城は、包みを差し出しながら、中村君にほほえみかけた。

「はい、おみやげ！　広島へ行ってきたんだ。おばさんの家へ――」

「そう……」

「新幹線で五時間もかかるんだ」

「ふーん……」

「原爆の資料館も見学したけど、ほんとにすごかったよ」

一城が話しかけても、中村君は何となくうわの空である。心の傷《きず》は、いえていないようだった。ぼくが広島で見たこと、聞いたことを、とにかく全部しゃべろう……と一城は決めた。

〈ヒロシマへの旅〉を、一城は語った。広島城のこと……。縮景園《しゅくけいえん》のこと……。八重子おばさんが被爆者《ひばくしゃ》であること……。今でも夾竹桃《きょうちくとう》の花を見ると心が痛むこと……。平和記念公園や資料館のこと……。

中村君は、だんだんと話に興味《きょうみ》を持ちだしたようだった。そして、八重子おばさんの被爆体験を語るころには、目を大きく見開いて、一城の話に耳を傾《かたむ》けた。

原爆をのろい、運命をうらんで、八重子おばさんが、みずからの命を絶《た》とうとしたこと。そして、国民学校の恩師と出会い、生きる意欲を取り戻《もど》したこと。そうした人生の劇的なドラマを、一城は心をこめて話した。

中村君のほおに、少しずつ赤みがさしてきた。目に光が輝き始めた。中村君のそうした変化に気づくと、一城は何だかとてもホッとした気分になった。

「もう一つ、君に渡す物があるんだ。八重子おばさんからのプレゼント――。君にあげてくれって。おばさんのいちばん大切な宝物なんだ」

ニコニコしながらそういうと、一城は、ポケットから白い封筒《ふうとう》を大事そうに取り出した。

中村君は不思議そうな顔をしながら、その封筒を左手で受けとった。右手は、まだ包帯《ほうたい》をしたままである。中村君は片手で器用《きよう》に、封筒から一枚の小さな紙を抜き出した。

古びた手帳のページだった。八重子おばさんが恩師から手渡された、あの思い出の言葉が記《しる》されている紙である。モンテーニュというフランスの思想家の言葉だそうだ。そのことを一城は、あの晩《ばん》、光枝から教えてもらった。

紙は黄色く変色し、四すみはところどころすり切れている。しかし、インクで書かれた文字は黒々と、まるで焼き付けられたように、はっきりとしていた。

「そう……。八重子おばさんの大切な宝物……。これを、ぼくに？」

「うん――」

中村君は、小さな紙に目を落とした。身じろぎもせず、二回、三回と読み返している。文字を目で追いながら、中村君はじっくりと味わうように、いつまでもそれを放《はな》さなかった。

一城は、どんな言葉をかけたらいいのか、分からなかった。中村君のそんなようすをながめているうち、何だか胸がいっぱいになってきた。

病室の窓から、夏の明るい日差《ひざ》しが、さんさんと降り注《そそ》いでいる。まぶしい光のおどる戸外《こがい》へ、一城はそっと目を移した。梢《こずえ》の緑が生き生きと輝いている。

気がつくと、初めて中村君が笑《え》みをたたえて、一城を見つめていた。そして、小さくひとことつぶやいた。

「ありがとう……」

一城は、何となく照れくさかった。でも、思いきってここに来て、本当に良かったと、満ち足りた思いだった。

あの日が中村君の転機《てんき》になった、と一城は振り返ってみて、つくづく思う。容体《ようだい》は、それからみるみるうちに良くなっていった。夏休みが終わるころには、包帯もとれて、一人で歩けるようにもなった。

人の心とは、不思議なものだ。中村君の心の変化は、身体にも急速な回復をもたらしたのである。

二学期が始まり、登校してきた中村君を見て、クラスのみんなはびっくりしたようすだった。以前の明るく元気な中村君が、現《あらわ》れたからである。

「おい、中村！　ケガは、すっかり治ったのか？」

「良かったわね。早く退院《たいいん》できて」

「あれっ！　何だか、ずいぶん元気そうじゃないか――」

友達のそんな声にも、中村君はニコニコしているだけである。

まわりを取り囲んだ仲間の一人が、小首をちょっとかしげながら、こうたずねた。

「……なんか、あったのか？　〝元気ぐすり〟でも飲んだとか」

――アハハハハ……。

教室は、はずむような笑いに包まれた。

卓球部《たっきゅうぶ》のみんなも、中村君が戻ってきたことを、とても喜んだ。そして翌日からは、メンバーに交《ま》じってはりきって練習に励《はげ》む中村君の姿が、見られるようになった。

〝黄金《おうごん》の右腕《みぎうで》〟と言われた中村君である。だが医者は、傷が治《なお》っても以前のようなプレーはできないかもしれない、と言っていた。じっさい、球を打ち返す微妙《びみょう》なコントロールには、かなり苦労しているようであった。おまけに、体力もずいぶん落ちてしまっている。しかし、中村君は、黙々《もくもく》と練習にうちこんだ。

準備体操のあと、サーキット・トレーニングを入念《にゅうねん》に繰り返し、二人で組んで、フォア打ちに汗を流す――。

全体の練習が終わっても、中村君は、一人残って鏡《かがみ》を見ながら素振《すぶ》りをし、グラウンドを走り続けた。昼休みにも縄《なわ》とびやランニングをしたり、階段はかかとをつけずに二段ずつ上がるように心がけて足腰を懸命に鍛《きた》えた。

秋の終わりのことであった。学校からの帰り道を急ぐ一城に、うしろから中村君が声をかけた。

「おーい、一城！　いっしょに帰ろう！」

振り向くと、中村君が小走りに近づいてくる。

「やあ、きょうの練習は終わったの？　このごろ評判だよ、中村はめきめき腕を上げてるって」

「まだ、前ほどの調子じゃないさ。体がすっかりなまってしまったからね。一から鍛え直しだよ」

「〝黄金の右腕〟は、よみがえるね、きっと！」

「そう簡単にはいかないよ。もと通りになるかどうか、分からない……。分からないけど、とにかく今の自分から出発するしかないから」

「そうだな……。昔のことを思い出して、くよくよしたって始まらないもんね」

「ぼくは、この卓球で自分をためしてみるんだ。《どんなことにも負けない強い心》が、ぼくにもあるのかどうかを――ね」

「そう……」

「目標は、来年二月の冬季大会――。地区の強豪《きょうごう》の学校が勢《せい》ぞろいするからね。どこまで頑張れるか。ぼくは、それにかけてみるんだ！」

そう言うと中村君は、こぶしを握《にぎ》ってみせた。


おだやかな冬の日の朝――。きのうまで吹いていた木枯《こが》らしも、ぴたりとやんで、暖かい日差しは、春の訪《おとず》れを思わせた。

きょうは、いよいよ冬季卓球大会のシングルスが行われる日だ。出場するのは、地区の三十校。それぞれ代表選手四人をくりだし、総計百二十人が技《わざ》を競《きそ》う。

きのうはダブルスの試合が行われた。しかし、中村君の組は、準々決勝で敗退してしまった。実力を出しきれずに負けてしまったような感じだった。試合が終わったあと、中村君はどこかしら気落ちしたようすであった。

もう少しいけるかと思ったのに……。本来の調子《ちょうし》が、まだ出ていない。この数カ月で、中村君の腕前はみちがえるほど回復したのに……。

しかし、中村君はよくここまで頑張った。冬休みの間も、ひたすらトレーニングに励んできたのだ。準々決勝まで残れたのだって、すごいことかもしれない。

はたしてきょうは、どんな試合展開になるか……。中村君も、きのうの試合で、だんだんと勝負《しょうぶ》カンを取り戻してきたようだし、期待できるはずだ。せっかくこうして頑張ってきたのだから、どうにか優勝争《あらそ》いに加わってほしい——。

会場の市民スポーツセンターへ向かう道すがらも、一城は胸がドキドキしてならなかった。中村君のことを思うと、祈るような気持ちであった。

観客席には、クラスの友達の姿が見えた。みんな中村君の応援に来たのである。

大会が間近になったとき、一城はまわりの友人に声をかけた。——今度の卓球大会は再起《さいき》した中村君の初舞台だ、みんなで応援に行こう。

友達も気にかけているようだった。一城の呼びかけに、何人ものクラスメートがうなずいた。

友達の一人が、たれ幕を持ってやってきた。〈勝て　勝て　中村！〉と書いてある。

「何だか大げさじゃないかって思ったけどさ……」

と言って、友達は頭をかいた。

「おっ！　いいじゃないか、思いっきり、応援しようよ！」

「うん！　そうしよう！」

「だけど、あんまり騒《さわ》ぐと、かえって固くなって、あがっちゃうんじゃないか？」

「大丈夫だよ、きっと中村君だって元気づくさ」

「よし！　決めた！」

開会式のあと、フロア全面に並べられた卓球台で、いよいよ熱戦が開始された。

ピンポン球のはずむ軽快なリズム。シューズのたてる〝キュッ、キュッ〟という響《ひび》き。スマッシュに踏みこむ〝ドーン〟という足音……。それらが一体となって、体育館の高い天井《てんじょう》にこだまする。

「卓球の試合って、初めて見たけど、驚いたね。スピードもあるし、迫力《はくりょく》もあるね」

「いちばん変化の激《はげ》しいスポーツなんだ。打った球が自分のところに戻ってくるのにたったの〇・五秒だって」

一城が答えた。

「へぇー、ちょっとでも気を抜いたらだめだね、これは――」

「技や体力はもちろんだけど、相手の心理やクセも見抜かなければならないそうだよ」

中村君のことを気にかけるあまり、一城もいつしか、卓球に関してはかなり詳《くわ》しくなっていた。

ピンポン球は、とても軽い。それだけに、空気の抵抗《ていこう》を受けやすい。選手ともなれば、ラケットのラバーの質、打つ角度、力の入れ具合で、変化球も自在だ。相手は、それを即座《そくざ》に読み取って、打ち返さなければならない。

「あっ！　中村君だ！」

「よし！　いよいよだな」

「ガ・ン・バ・レ！」

みんなは口々に叫《さけ》んだ。

昨夜、一城は、八重子おばさんに電話を入れた。中村君がダブルスで思ったほど勝ち進めなかったことを話したのである。

八重子おばさんも、中村君のことを心配していた。試合のことを伝えると、電話口から八重子おばさんのこんな声が返ってきた。

「試合に勝ち負けはつきものだけど……負けても、前に進むことが大事なんよ。試合でやぶれても、自分に負けないこと。結局、人生に勝てばいいんだから。大丈夫よ、中村君は必ず立ち直るから――」

そばにいたお父さんも、一城にこんな話をしてくれた。

昭和二十七年（一九五二年）、戦後初めて、日本はボンベイでの卓球の世界選手権に出場した。そのとき日本は、七種目のうち四種目で優勝するという、輝かしい成績を収《おさ》めた。

「……あのときは、お父さんもうれしかったね。戦争に疲《つか》れ果て、生活も苦しくてね、日本人はみんな気力を失っていたんだ。だけど、あの卓球の勝利で、やればできるっていう気になったよな。何かこう、自信と勇気がわいてきたのさ」

一城は、八重子おばさんやお父さんの言葉を思い起こしながら、手すりから身を乗りだすようにして、中村君を見つめた。

——負けるな中村君！　自信と勇気を取り戻すんだ！

きょうの中村君の動きは、軽快だった。第一試合は2ゲームを連取して、ストレート勝ちである。

第二試合、第三試合と、中村君は順調に勝ち進んでいく。相手のミスに救われる場面もあった。勝運《しょううん》もある。しかし、勝負はこれからだ。

午前中でベスト4が決まった。どうにか、中村君もそのなかに入ることができた。きのうと比べれば上出来《じょうでき》である。

昼食をはさんで、いよいよ午後から準決勝と決勝だ。これからが正念場《しょうねんば》だ。一城も、応援に駆けつけた友達も、心の緊張《きんちょう》を、おさえることができなくなっていた。

中村君は、いい試合を展開している。しかし、安心はできない。少しの油断《ゆだん》が致《ち》命傷《めいしょう》になる。よし！　応援も頑張らなくちゃ――と一城は思った。

準決勝は、やはり、うってかわって苦戦となった。第二、第三ゲームは、ジュースにまでもつれこんだ。

一球一球、目が離《はな》せない。見守る一城のてのひらも、じっとりと汗《あせ》ばんでくる。

だが、中村君は、最後の球をきわどくコーナーに決めて、何とか勝ち抜いた。

さあ、いよいよ決勝だ。相手は、前評判の高い青山君である。一城も、名前だけは知っていた。地区の学校のなかでは、随一《ずいいち》の実力を持つといわれる好敵手《こうてきしゅ》だ。

場内の熱気は、最高潮に達した。試合の終わった各校の選手たちも、フロア中央で始まる最後の戦いに、まなざしを注いでいる。

「お願いします！」

礼儀正しく、二人が声をかけ合った。

「ラブ・オール！」

審判員《しんぱんいん》の声が、会場に響いた。

試合は、青山君のサービスで始まった。手強《てごわ》い相手であることは、一城にもすぐに分かった。フットワークは軽やかで、球にも威力《いりょく》がある。しかし、繰《く》り出す五本のサービスのうち、中村君は二本を自分のものにした。まずまずのすべり出しだ。

チェンジサービス——。てのひらの上に球を乗せ、腰《こし》を落として、中村君は相手をじっと見つめた。さすが、青山君の構《かま》えにはスキがない。どんな球が来ても、すぐに打ち返せる体勢《たいせい》だ。

中村君はドライブ・ロングサービスを放った。矢のようなボールが、対角線上を飛んでいく。コートの端《はし》ぎりぎりでバウンドした白球を、相手は体をいっぱいに伸ばして、どうにか中村君のコートの右側に打ち返した。チャンスだ！　足を一歩踏みこむと、中村君は得意のスマッシュを、今度は相手コートの反対側に深々と打ちこんだ。

「やった！　一本！」

中村君の攻撃《こうげき》が、絵にかいたように決まった。一城たちは、手をたたきながら、笑顔《えがお》をかわし合った。

ポイントは取ったり取られたりで、差が開かない。だが、中村君のスマッシュが一本、二本と決まり出し、徐々《じょじょ》に中村君のペースになっていく。よし、いける！接戦ではあったが、第一ゲームは中村君がものにした。

第二ゲームも、中村君のリズムはいい。ところが、どうしたことだろう、中村君の返球のミスがにわかに多くなった。点差が、ぐんぐん離されていく。

一城の心に「おや？」という気持ちがわき起こった。――おかしい。これまで、やすやすと打ち返せたコースなのに……。

じっさい青山君の球の変化は、ほかのどの選手よりも鋭《するど》かった。球筋《たますじ》が横に曲がる変幻自在《へんげんじざい》のサイドスピンをかけてくる。しかも、球を中村君のバックに集めている。完治《かんち》したはずの〝黄金の右腕〟も、その変化の鋭さ、コースの厳《きび》しさについていけないのだ。一城には、相手の攻め手を知りながら思うように打ち返せない、中村君の苦しさが痛《いた》いほど伝わってきた。

……やはりケガのせいなのだろうか。微妙《びみょう》な手首の使い方がきかないのかもしれない。ここが踏んばりどころだ。どうにか、頑張ってほしい――。

相手は、弱点を知ると、そこをさかんに攻めてくる。中村君も、体を寄せて必死にしのいだが、点差は開くばかりである。最後にポイントを連取してねばりをみせたものの、第二ゲームは、青山君が大差でものにした。

残るは第三ゲームだ。これで、すべてが決まる。しかし、中村君は弱点を知られてしまった。相手はさらに左右に揺《ゆ》さぶってくるだろう。中村君のスタミナも心配だ。一城には、すべての面で中村君のほうが不利に思えた。

気が付くと、応援も意気消沈《いきしょうちん》している。そうだ！　厳しい状況のときこそ、心をこめて応援するのが友達というものじゃないか。今、中村君にしてあげられることはこれしかない。一城は大きな声で、

「頑張れ、中村！」と叫んだ。

青山君の攻めは、相変わらずに厳しい。だが、中村君もサービスエースで得点をかせぎ、執《しつ》ように食い下がる。まさに一進一退。技術と体力と、激しい心理戦の攻《こう》防《ぼう》だった。

「フィフティーン・オール！」

審判の呼び声に、中村君は手の汗をタオルでぬぐった。あごからも、ポタリポタリと汗がしたたり落ちている。

15対15だ。ここでサービスは、相手に移る。何としても、五本のサービスのうち三本は取ってほしい、と一城は願った。

一本目は青山君、二本目は中村君、三本目はまた青山君……、そして四本目も青山君、得点は18対16になった。青山君が二本リードしている。あとの一本まで取られると、中村君はがぜん苦しくなってしまう。何とか18対17にもちこめ！

相手は、グーンと伸びてくるようなサービスを放った。打球はかろうじてコートの最末端《さいまったん》の角にあたって、ポトリと床に落下した。

エッジボールだ！　これでは返球のしようがない！

「すいません！」

青山君が軽く頭を下げた。しかし顔には「しめた！」という表情が隠せなかった。

これで得点は、19対16――。

何ということだ。不運としか、いいようがない。中村君は、天を仰《あお》いでいる。サービスが、中村君に回ってきた。一本目は、相手のショートカットした球が、うまくこちらのコートを外れた。しかし二本目は、中村君のドライブした球が、ネットにひっかかってしまった。

もう、あとがない。絶体絶命《ぜったいぜつめい》のピンチだ。あせるな！　気を静めろ！

中村君は、静かに息を整《ととの》えて、てのひらの上の球を見つめている。場内のざわめきも、もはや彼の耳には届かないようだった。

渾身《こんしん》の集中力をこめて、中村君がサービスを放つ。青山君が、正確なレシーブを返す。そして、息づまるようなラリーの応酬《おうしゅう》……。

応援に駆けつけた友達も、かたずをのんで見守っている。一城は、のどがカラカラに乾《かわ》いてくる思いだった。

中村君！　踏んばれ！　負けるな！　君自身の人生の勝利へ向けて！

一本、二本と、中村君はポイントを獲得《かくとく》していく。青山君の顔つきに、あせりの色が浮かんできた。しかし中村君は、気負《きお》いも、動揺《どうよう》もなく、今のこの瞬間を、全力で戦いきっている。

「ジュース！」

20対20になったことを、審判が告げた。相手の青山君は、いかにも残念そうだ。

ジュースに入ってから、サービスは一本ごとに交代となる。青山君のサービスを、中村君はよく切れたショートカットで返した。相手もまたショートカットで応じてくる。しかし、威力は半減し、その四球目を、中村君は素早《すばや》くドライブで決めた。

今度は中村君のサービスだ。ピタリと足の位置を決めると、中村君は静止した体勢から、速いスイングでサービスを繰り出した。

これを取れば、中村君の逆転優勝だ。青山君も、きっとくちびるを引き締《し》めている。青山君は相手コートの左右をつく。それに対して中村君は、ショートとロングを交互に繰り出し、前後に揺さぶりをかける。

どちらも一歩もゆずらない。そのうち、強烈にドライブのかかった球が、中村君のバックサイドのコートぎりぎりに入った。中村君も体勢を崩《くず》しながらも打ち返したが、返球は相手の絶好のチャンスボールになってしまった。

次の瞬間、青山君は猛烈《もうれつ》なスマッシュをたたきつけてきた。一城は心のなかで「あっ！」と叫んだ。

それを中村君が、なぜ返せたのか、一城にはよく分からない。反射的に伸ばした中村君のラケットは、相手の打球をバウンド直後にぴたりととらえていた。決まったと思って力を抜いた青山君のわきを、白球がサッとくぐり抜ける。

大きなどよめきと拍手が、どっとわき起こった。一城たちはとび上がって、歓声《かんせい》をあげた。

「やった！　優勝だ！」

「すごいぞー！　中村！」

中村君が、ついにやったのだ！　再三のピンチをしのいでの、見事な優勝だ！

熱戦《ねっせん》を繰り広げた二人は、声をかけ合いながら、握手をかわしている。中村君は、手の甲でひたいの汗をぬぐうと、観客席を見上げた。そして、一城や仲間たちへ、初めてさわやかな笑顔を向けた。

表彰式がすんでから、一城たちはロッカールームへと急いだ。中村君を取り巻いた卓球部のメンバーも、興奮《こうふん》と喜びをおさえきれない面持《おもも》ちである。

一城たちの姿を見つけると、中村君は右手をさし上げた。

「ありがとう！　本当に――」

みんなも、口々に声をかけた。

「すごかったよ！　あの決勝戦は――」

「あんなに、ハラハラドキドキしたのは、初めてだもの」

「何だか、自分が優勝したような気持ちさ――」

そこへ、三年生のキャプテンがやってきた。キャプテンは、囲《かこ》みに割って入ると、中村君に卓球のボールを手渡した。

「新学期からは、君が卓球部のキャプテンだ」

「えっ！　ぼくが？」

「うん、大会に優勝したから……というわけじゃない。君がいちばん頑張ったからさ。それは、みんなもよく知っている。これからの一年、すばらしい卓球部を作っていってほしいんだ」

中村君は、驚いたような顔つきで、キャプテンを見つめている。やがて、意を決したように小さくうなずくと、きっぱり言いきった。

「分かりました！　頑張ります！」

周《まわ》りで拍手《はくしゅ》が高鳴った。いっしょに応援に来た仲間たちも、自分のことのように顔を輝かせている。一城は、今まで味わったことのない喜びが、心のなかにふくらんでくるのを感じた。


翌日――。

一城は、校舎の入り口のところにある階段に腰をおろして、冬の日差しを浴びていた。となりには、中村君がいる。

放課後のひとときだった。二人は何も言わないで、ゆったりした時間のなかに身を委《ゆだ》ねていた。

やがて、中村君が静かに口を開いた。

「……ぼくは、とてもたくさんのことを学んだ気がする」

「……ずいぶん、いろんなことがあったものね」

「うん――。一城にも……とても心配かけちゃったし……」

「いいんだよ、そんなことは――。かえってぼくも、君からたくさんのことを教えられた気持ちさ」

中村君が経験したことは、けっして彼一人だけのものじゃない。ぼくたちが、これから生きていくうえで、役に立つことが、たくさんある。中村君と友達で、本当によかった。

――それが、今の一城の実感であった。

「……それにしても、すごかったね、あの決勝戦は――。一時は、もうだめかと思ったよ」

「弱点を徹底してつかれたときには、ぼくも試合を投げてしまいたくなった。でも、そう思ってしまえば、自分に負けたことになるだろう？　それじゃあ、応援してくれているみんなに申し訳ない」

「……………」

「ぼくは、この数カ月、懸命なトレーニングを続けることができた。だから、もう悔《く》いはない。とにかく、自分のもっている力を全部ぶつけよう。それで負ければ、まだぼくの力が足りなかっただけのこと……。そう思ったら、気分がすっきりしてきてさ」

「ふーん。最後は、どうりで落ち着いているように見えたもの」

「何とか勝ちたいという気持ちより、けっして負けない、という心構《こころがま》えのほうが、大切だと思うんだ。優勝したからいうんじゃないけど」

「じつはね。八重子おばさんも同じようなことをいっていたよ。自分の願いどおりにいかないことも、これからたくさんあるけど、そのときに、くじけたり、あきらめたりしないで、負けじ魂《だましい》を発揮《はっき》していく――それが、いちばん肝心《かんじん》なんだって」

中村君は、その言葉を心でゆっくりと味わうように、うなずいている。

「去年の夏休み……」

中村君が、遠くを見るまなざしになった。

「ぼくがまだ入院中のとき、君が見舞いにきて、八重子おばさんの話をしてくれた……。あのときぼくは、八重子おばさんの被爆《ひばく》体験を聞いて、何だか自分がすごく恥《は》ずかしくなったんだ」

「…………」

「八重子おばさんの苦労に比《くら》べたら、ぼくの悩みなんか、とても取るに足りない。それどころか、かえってみんなを心配させている……。そう思うと、今までの自分が、情けなくなってきた……」

「そうか――」

「すると、それまでかかえていた悩みが、すーっと小さくなった。八重子おばさんのためにも、みんなのためにも、よし頑張ろうという気持ちがわいてきたんだ」

「うん――」

中村君は、一城のほうに体を向けると、言葉を続けた。

「――それからね、ぼくは、きのう、八重子おばさんに手紙を書いたんだ。その

なかには、あの手帳のページもいっしょに入れた。だって、あれは八重子おばさんの大切な宝物だろ」

「うん、でも君にくれたんだよ」

「ううん、やっぱりあれは、八重子おばさんに返したほうがいいと思うんだ。ぼくはもう大丈夫です。八重子おばさんの体験と温かい真心で元気になりました。この宝物はいつまでもおばさんが持っていてください。ありがとうございました……って。まだ一度も八重子おばさんに会ったことはないけれど――」

「…………」

「《どんなことにも負けない強い心》が、

ぼくにもありました……って」

一城は、空を見上げた。

原爆でひどい目にあいながらも、そこから立ち上がった八重子おばさんの体験は、けっして昔の物語ではない。今に生きるぼくたちにも、そしてこれからの世界にも、大切なことをたくさん教えてくれた。ぼくの〈ヒロシマへの旅〉は、じっさいに一人の友達を救ったのだ。おばさんの体験を忘れてしまってはいけない。

「……それからね、ぼくは、こうも書いたんだ。〝平和の心〟っていうのは、自分から逃げないこと、苦しみを避《さ》けないこと、そして困《こま》っている人の味方になって励《はげ》ますこと――みんながそうなれば、戦争なんて起きっこないもの」

「本当に、そうだね――。〝平和の心〟……か」

世界には、今も戦争をしている国がある。人類は相変《あいか》わらずたくさんの原爆をかかえている。いつになったら、本当の平和はくるのだろう。

これからのぼくたちこそ、戦争も原爆もない平和な世界を築《きず》いていかなくちゃならない。それには、もっと勉強して、うんと体を鍛えて、どんなことにもへこたれない、そして困っている人を助ける〝平和の心〟を強くしておくことが大事だ。

一城は、しみじみとそう感じた。

「……君から手紙をもらったら、八重子おばさんもすごく喜ぶと思うよ」

中村君は、ニコリとほほえんで、一城にうなずいた。


「おーい！　キャプテン！」

クラスの仲間が、二人のところへ勢いよく駆け寄ってきた。みんなは息をはずませて、中村君に語りかけた。

「おめでとう！　優勝だってね！」

「学校中で評判だよ！」

「〝黄金の右腕〟も、ついに復活だね！」

中村君は、うれしそうにみんなの顔を見まわしている。

「中村！　卓球ばかりじゃなくて、勉強も頑張らなくっちゃな」

「もちろんさ！　もうすぐ三年だし、今度のテストは君を追い抜こうかな……」

みんなの笑い声が、日だまりのなかに広がった……。

さわやかな気持ちで、一城は、そばにある梅の木の梢《こずえ》を見上げた。つぼみが、ふっくらとふくらみ始めている。一城は、春がやってきたことを全身で感じた。

◇参考資料（本書の該当ページ）
戦史研究会編『原爆の落ちた日』文藝春秋（63ページ）
モンテーニュ『エセー』原二郎訳　岩波文庫（98～99ページ）
仁科記念財団編纂『原子爆弾――広島・長崎の写真と記録』光風社書店
『ヒロシマの記録――被爆30年写真集』中国新聞社
ジョセフ・L・マークス『ヒロシマへの七時間――原爆を運んだ12人の記録』日本経済新聞外報部訳　日本経済新聞社

フィールドにそよぐ風

（一）

ピーッ！

澄《す》みきった青空に、主審《しゅしん》の笛《ふえ》が鳴《な》り響《ひび》いた。サッカー部の紅白試合の始まりだ。一軍対二軍の戦《たたか》いである。

桜の花もすでに散《ち》り、みずみずしい若葉《わかば》が春の風に揺《ゆ》れていた。フィールドの選《せん》手《しゅ》一人ひとりのユニホームも、輝《かがや》くばかりの日差《ひざ》しに照《て》り映《は》えている。

「いくぞっ！」

一軍のセンターフォワードをつとめる海野湧一《うみのゆういち》が、全員に声をかけた。

三年生を中心とする一軍と、対するは一、二年生が大半の二軍である。勝負《しょうぶ》の優《ゆう》劣《れつ》は、はじめからわかっている。しかし両者《りょうしゃ》の間には、なみなみならぬ闘志《とうし》が沸騰《ふっとう》していた。

きたるべき地区予選の出場《しゅつじょう》メンバーを選びなおす、この日の紅白試合である。いわばこれは、サッカー部のレギュラー選手を再編成《さいへんせい》する試金石《しきんせき》の舞台《ぶたい》なのだ。

一軍の選手であっても、戦いいかんによっては、二軍に落ちることがある。逆《ぎゃく》に、二軍のメンバーでも、この試合で一軍にはいあがるチャンスをつかむことができるかもしれない。それだけにみな、緊張《きんちょう》した表情であった。

海野はサッカー部のキャプテンだ。中学三年生で、身長は一七八センチ。クラブのなかではいちばん大柄《おおがら》である。

キックオフで、海野はいきなり豪快《ごうかい》なキックを放《はな》った。球はグーンと伸びて、二軍のゴール近くまで飛んでいく。

バックスが必死の形相《ぎょうそう》で、その球をヘディングではじき返す。

戻ってきたボールを、二軍のハーフバックが引き継《つ》いで、すぐさま今度は早乙女《さおとめ》剣司《けんじ》にパスを渡した。剣司は転校《てんこう》してきたばかりである。きょうの紅白試合では、二軍にまじって戦っている。

剣司をマークするために、相手陣営《じんえい》の風間竜太《かざまりゅうた》がするすると接近《せっきん》してくる。一軍のなかでは、ただ一人の二年生だ。体《からだ》つきは同じ学年の剣司よりもやや小さいが、すばらしい敏捷性《びんしょうせい》をそなえている。

剣司が右へ一歩踏み出した。竜太もつられてそちらに動く。次の瞬間《しゅんかん》、剣司は左へと体《たい》をかわした。フェイントで突破《とっぱ》しようとする作戦《さくせん》だ。

ところが、まるでその動きを予測《よそく》していたかのように、竜太も遅《おく》れずピタリとついてくる。

剣司は、少しあわてた。しかし、あわてながらも、味方のハーフバックがすばやく敵陣《てきじん》へ走りこんでいく姿《すがた》を目のすみでとらえていた。

——よしっ！　パスだ！

剣司は小きざみなステップで、ふたたび逆方向へ踏み出すなり、右足をいっぱいに伸ばしてボールをたたいた。

低い弾道《だんどう》で飛んだボールを、味方のハーフバックは包《つつ》みこむように腹《はら》で受けた。が、その瞬間、タックルをかけてきた一軍の選手に、やすやすとボールを奪《うば》われてしまう。

パスが海野に通った。海野は振《ふ》り向《む》きざまダッシュしてきた一人をたくみにかわして、二軍の陣内《じんない》へドリブルで突入《とつにゅう》していった。

味方のバックス二人が、猛烈《もうれつ》な勢いで海野の進路《しんろ》に突《つ》っこんでいく。何人かのハーフバックも、側面から一気に襲《おそ》いかかった。

「こらーっ！　ダンゴになるな」

監督《かんとく》の島野《しまの》先生が地だんだを踏みながら、二軍の選手に叫《さけ》んだ。

ボールのところに何人も集まってしまうかたちを、俗《ぞく》にダンゴ・サッカーという。初心者が陥《おちい》りやすい過《あやま》ちである。一カ所に固《かた》まると、ほかのエリアがすきだらけになってしまうからだ。

敵《てき》を十分に引きつけたとみるや、海野は全身をばねにして、ボールを大きく逆サイドへとけり出した。

敵の守りが手薄《てうす》となったオープン・スペースに、ボールがグングン伸びていく。走りこんできた一軍のライトウイングがボールに追いつき、そのまま敵陣深く突き進む。

――センタリングがくる！

剣司は直感《ちょっかん》した。味方のゴールエリアめがけて一目散《いちもくさん》に戻《もど》りながら、急いで敵の姿を確認《かくにん》する。バックスだけにまかせておけない心境《しんきょう》だった。

ライトウイングが右足を一閃《いっせん》させた。ゆるやかな弧《こ》を描《えが》いて、サッカーボールが宙《ちゅう》に舞《ま》う。

――きたっ！　いち早くクリアしなければ。

剣司は、思いきり大地をけった。味方のキーパーも、ボールをおさえようと飛び出してくる。

しかしそのとき……剣司は自分のかたわらで同じようにジャンプした者がいることを感じた。

相手は剣司よりも高く伸びあがり、すばやくボールをとらえ、強烈なヘディング・シュートを放った。飛び出してきたキーパーの手をかすめて、ボールがネットを揺さぶる。竜太であった。

「ナイス！　竜太！」と声が飛ぶ。

試合開始後一分半で、早くも一点だ。

――チクショウ！　竜太のやつめ、いつの間に……。

剣司がキッとにらみつけた。

そんなことにはおかまいなしに、竜太はハーフラインへとゆっくり戻っていく。その後ろ姿を見つめながら、剣司は自分のなかにおさえきれないある種《しゅ》の感情がふくらんでくるのを覚《おぼ》えていた。


東京の近郊《きんこう》にあるこのM中学に、早乙女剣司が転校してきたのは、この春のことであった。それから、まだ一カ月もたっていない。

新しい友達と学校生活のなかで、剣司はかすかなときめきを感じていた。それは、いままでとちがう環境《かんきょう》に身をひたすとき、少年ならだれしも覚える、あの期待《きたい》と不《ふ》安《あん》のいりまじった感覚《かんかく》であったにちがいない。

転校の時期が、学期の途中《とちゅう》でなく、学年のかわるときであったことも、剣司にとって幸いだった。クラスの編成がえで、みんなが新しい出あいにそわそわしている。心なしか緊張したクラスの空気も、二言三言《ふたことみこと》かわすうちに、いつしかときほぐれ、教室のあちらこちらに、語らいの輪が広がる。そして、新しい友情《ゆうじょう》の芽《め》がふくらみ始める。そうした雰囲気《ふんいき》のなかで、剣司もすぐに初めてのクラスにとけこんだ。

始業式の翌日《よくじつ》、剣司はさっそくサッカー部を探《さが》した。

校内では、いろいろなクラブが新入生の勧誘《かんゆう》に声を張《は》りあげている。

「君も風になろう！」と呼びかけているのは、どうやら陸上部のメンバーらしい。「大空へジャンプ！」と書いたたれ幕《まく》を掲《かか》げているのは、バレーボール部の生徒だ。講堂《こうどう》の前では柔道着《じゅうどうぎ》をはおった連中《れんちゅう》が「男なら、これしかない！」とどなっている。

校庭の一角に「燃《も》やせ青春！　サッカーは世界のスポーツ」とうたうのぼりが見えた。まわりには、ユニホームを身につけた部員が集まっている。足の甲《こう》やももでボール・リフティングをやっている選手もいる。ヘディングをかわしあっている仲《なか》間《ま》もいる。

剣司の近づく姿を見つけて、そのなかの一人が声をあげた。

「あっ！　きた、きた。サッカー部へ、ようこそ！」

「新入生第一号だ！」

「君！　サッカー部に入るんだろ」

みんなが矢つぎばやに呼びかける。

「はい。よろしくお願いします――」

剣司はみんなをまぶしそうに見まわしながら、ペコリと頭を下げた。

「じゃあ、まず、この紙に、学年とクラスと名前を書いてください」

画板《がばん》を首からさげた選手が、ボールペンを手渡しながら、せかすようにいった。

どこの部も、新部員の獲得《かくとく》には懸命《けんめい》らしい。

剣司の手元《てもと》をのぞきこんでいた一人が、びっくりした声を発した。

「あれ！　二年生か――君は。どうりで、でかいと思った」

「転校してきたばかりで――」

「それに、B組といえば……おーい、竜太！　お前と同じクラスだぞ」

竜太と呼ばれた少年が、人垣《ひとがき》のなかから現《あらわ》れた。ボール・リフティングをたくみにこなしていた選手だった。

「知ってるよ。さっき教室で見かけたから。ぼく、風間竜太です。よろしく――」

笑《え》みをたたえた涼《すず》し気《げ》なひとみが、きらきらと輝いている。

別の部員が、身を乗り出すように声をかけた。

「転校っていってたけど、どこから？」

「静岡のK中から……」

剣司は、みんなの視線《しせん》がいっせいに集まるのを感じた。

「K中といえば、去年の全国大会でベスト4に入ったところじゃないか」

「そこでも、サッカーやってたの？」

「うん――」

「レギュラー？」

「まさか。まだ一年だったもの。うまい先輩もたくさんいたし――」

口々に問いかけるみんなをかき分けて、ひときわ背の高い選手が進み出た。あとから知ったのだが、これがキャプテンの海野湧一であった。

「ところで君、新人戦はどうだった？」

暮《く》れから新春にかけて行われる、一、二年生で構成《こうせい》したチーム同士の対校試合である。

「はい。そっちのほうはレギュラーで全試合、出場しました」

「それで、結果は？」

「県で優勝《ゆうしょう》です」

まわりから、どよめきが起こった。静岡のサッカーといえば、とてもレベルが高い。しかも新人戦に一年生で出場し、そこで優勝したとなれば、やがて全国一を争《あらそ》う実力の持ち主になるであろうことは、疑《うたが》いないところである。

「大戦力になりますね、キャプテン」

「これは頼《たの》もしいや」

「今年の地区予選は楽しみだぞ」

キャプテンの海野は、入部用紙に書かれた文字をちらりと見ると、切《き》れ長《なが》の目を細めながら、右手を差し出した。

「早乙女剣司君か。よろしく！　これから、いっしょに頑張ろう――」

　ハーフライン方向へ小走りで戻りながら、剣司の胸のうちに渦巻《うずま》いていたのは、まず味方に対する不満《ふまん》であった。

　ボールはすぐにとられてしまうし、パスは通らないし、フォーメーションはなってないし……。どいつもこいつも、頼りにならないやつらばかりだ。

　一軍と二軍の紅白試合だから、さほど得点は関係ない。とはいうものの、しかしこれでは自分の力が発揮《はっき》できない。こいつらが、おれの足を引っ張《ぱ》っているのだ。

　試合が始まってまだ間《ま》もないというのに、剣司は早くもそのことを感じて、いらいらするばかりだった。

　サッカー部の監督やキャプテンに対しても、剣司の怒《いか》りはおさまらなかった。

　なんで、おれが二軍で戦わなくちゃならないんだ。おれは、サッカー校で有名な静岡のK中にいたんだぞ。いまどき、ほんとうなら、そこでレギュラーになってるはずだ。

だいたい、このM中なんて、地区予選《よせん》も勝ち抜《ぬ》けず、都大会に顔を出したこともない学校じゃないか。それなのに、どうしてこのおれが二軍なんだ。

これまでやってきた毎日の練習でも、おれの実力は十分わかっているはずだ。こんな紅白試合は、やるまでもない。

それを考えると、剣司はむしょうに腹が立ってくるのである。

しかし、何といってもいちばんしゃくにさわるのは、あの竜太の存在《そんざい》だった。

小さいくせに、やたらすばしっこい。足も速い。センスもいい。状況判断《じょうきょうはんだん》も的確《てきかく》だ。三年生のレギュラーにまじっても、けっしてひけをとらない。その点では一目《いちもく》おかざるをえない、と剣司も思う。

竜太がきらいなわけではない。ふだんは、冗談《じょうだん》をいったり、ふざけあったりもする。明るいし、飾《かざ》らないし、勉強だってよくできるし、クラスでも人気ものだ。

しかし、サッカーのこととなると、剣司の心のなかには、竜太への対抗意識《たいこういしき》がむらむらと雲のようにわき起こってくるのである。

ほかのことはいい。けれども、サッカーだけは絶対に負けたくない。とくに、同じ二年生の竜太には……。その気持ちを、剣司はどうしてもおさえることができなかった。

紅白試合は二十分ハーフで行われていた。前半だけでも、まだ十八分以上ある。自分の実力を見せつける時間は、じゅうぶん残っているといっていい。

ハーフライン手前の位置《いち》についた剣司は、大きく一つ息をすると、相手陣営の竜太をグッとにらみつけた。

さあ、試合続行《ぞっこう》である。

気を取り直したのか、一軍の攻勢《こうせい》に、その後の二軍はよくもちこたえた。しかし、前半十二分に、今度は一軍フォワード立石《たていし》のロング・シュートで追加点《ついかてん》をもぎとられた。

だが、剣司も負けてはいなかった。その直後の前半十五分、自分であげたパント・キックを、飛ぶ鳥のようなすばやさで、さらにドリブルにもちこみ、敵のバックス陣をかいくぐり、キーパーの出ぎわをねらって、一点を返した。

後半に入っても、剣司の動きは、いっそう激《はげ》しくなるばかりだった。

意表《いひょう》をついたオーバー・ヘッド・キックはする。ハンド・スプリング・スローで、みんなを「あっ！」と驚《おどろ》かす。

オーバー・ヘッド・キックとは、背後《はいご》に体を投げだして宙に浮《う》いた瞬間、自分の頭越《あたまご》しにボールを真後《まうし》ろへける離《はな》れ業《わざ》である。ハンド・スプリング・スローとは、タッチラインからのスローインの際《さい》、両手でボールを持ったまま、前方に体を一回転させて投げ入れる高級技《こうきゅうわざ》をいう。

どちらも、いってみればアクロバット的なプレーである。見ている観客を思わずうならせるような、派手《はで》な技といってよい。それを剣司は連発《れんぱつ》した。

まわりで見ているサッカー部の一年生たちは、剣司がそんなプレーをするたびに、「ウォー！」とか「やった！」とか、無邪気《むじゃき》に喚声《かんせい》をあげている。

ところが、監督の島野先生は、だんだん険《けわ》しい顔つきになってきた。

島野耕平《こうへい》――三十一歳。歴史の教師《きょうし》。独身《どくしん》である。年齢《ねんれい》より若く見られることを、いつも自慢《じまん》の種《たね》にしている。本人は、まだ二十代のつもりらしい。

その島野先生も、初めのうちは剣司の活躍に目をまん丸くしていた。

「うーむ。なかなかやるな、あいつは……。たいしたもんだ」

「よし！　そこだ——いけ！」

「ほー！　お見事《みごと》、お見事」

前半十五分にあげた剣司の一点にも、ことのほか満足で、まわりの部員たちにこんな解説をしたものだ。

「いいか、お前たち——。剣司はいま、キーパーが出てくるところをねらってシュートした。そしてボールは、キーパーの右を抜いて入ったんだが、さあそこで問題——なぜ剣司は、キーパーの右側にシュートしたのか。わかる人！」

答えを待つふうでもなく、島野先生がすぐに言葉をついだ。

「——それは、あの瞬間、キーパーの体重が右足にかかっていたからなのである。つまり……」

部員の一人が得意そうに叫んだ。

「体重がかかっているから、パッと反応《はんのう》できない！」

島野先生が、ちょっといやな顔をした。

「ウホン……。ま、そういうわけだな。体重のかかっている足のあたりは、すぐそばを抜けるゴロでも反応できない。剣司のシュートは、キーパーのそうした弱点を、瞬間的な判断で、たくみについたものなんだ。うーん、サッカーというのは、奥が深いなぁ……。どうだ、みんな！」

うなずきながら、島野先生は一人で悦《えつ》に入《い》っている。

しかしそんな気分も、前半のうちだけであった。剣司一人のスタンドプレーがやたら目につき始めるにつれ、島野先生はだんだん首をかしげるようになったのである。そして、むっつり腕《うで》を組んだまま、やがて身動《みうご》きしなくなってしまった……。

事件は、後半十六分に起きた。

九対二と、得点は圧倒的《あっとうてき》に一軍である。九点のうち二点は竜太、キャプテンの海野は四点をあげている。一方の二軍の得点は、剣司が全部たたき出していた。

剣司にとって、これは竜太との戦いであった。あいつなんかに負けるものか。たたき出した得点でいえば二対二だ。戦いは、まだ互角《ごかく》なんだ。いや、バックの選手を考えれば、一軍と二軍なのだから、こちらのほうが勝っているともいえる。これ以上、絶対《ぜったい》に、竜太に……点は……とらせない！

フィールドをかけずりまわりながら、剣司の胸のなかにはこの思いだけが、暗《くら》く溶岩《ようがん》のようにたぎっていた。

二軍のゴール前に、センタリングが上がる。一軍のフォワードが突進《とっしん》してくる。

竜太が走る――。

剣司が追う――。

スーッと落ちてきたボールに、竜太がねらいを定《さだ》める。

――あっ！　ボレー・シュートを決めるつもりだ。まずい！

何とか防《ふせ》ぎたい。だが、間《ま》に合《あ》いそうもない。竜太が右足を浮かせた。剣司は歯ぎしりをした。

そのとき、二軍のバックスが懸命に走り出て、宙に体をおどらせた。球は、竜太にわたる間一髪《かんいっぱつ》の手前でさえぎられ、フィールドを転々としていく。

追いついたのは、一軍センターハーフの中村《なかむら》であった。中村はボールを止めると、

すぐさまパスを繰《く》り出す。ボールがふたたび竜太へと戻っていく。

竜太はワン・トラップでボールをおさえると、すばやくシュートの体勢《たいせい》に入った。

そこにタックルをかけようと、剣司が猛烈な勢《いきお》いですべりこむ。

土ぼこりが舞《ま》い上がる。二つの体がもつれあう。

グラウンドの選手たちも、まわりで見ていた部員たちも、思わず「あっ！」と息をのんだ……。

その瞬間――。

竜太は左の足首《あしくび》に異様《いよう》な衝撃《しょうげき》を感じた。

右足でシュートを放《はな》とうとする矢先《やさき》であった。

体がバランスを失った。天と地が、ひっくり返った――。

目の前を、土ぼこりが流れていく。春の日を浴《あ》びた大地の、あのむせかえるような匂《にお》いが鼻をつく。透《す》き通った空の光が、目にまぶしい。

竜太は、あおむけに倒《たお》れていた。

かたわらには、剣司が尻《しり》もちをついている。

しばらくすると、剣司がすっくと立ち上がった。そして、じっと竜太を見おろした。

「おーい、竜太！　どうした」

「大丈夫《だいじょうぶ》か」

みんなが口々に叫びながら、走り寄《よ》ってくる。竜太が四つんばいになった。何とか起き上がろうと足を伸ばしたとたん、顔をしかめてまた崩《くず》れるようにすわりこんだ。竜太はしかし、うめき声一つあげない。

「無理するな！　横になれ」

島野先生が、竜太のそばにしゃがみこんだ。左足をそっと持ちあげるようにして、サッカーシューズを外《はず》し、ストッキングを脱《ぬ》がせる。竜太の足首は、青黒く、まりのようにふくらんでいた。

「こりゃ、いかん――。おい、山口《やまぐち》と赤城《あかぎ》、二人で、とりあえず医務室《いむしつ》に運《はこ》んでくれ」

左右の肩を支《ささ》えられ、足を引きずるようにして、竜太がグラウンドを去《さ》っていく。

その後ろ姿を、剣司はうつろな気持ちで見送っていた。

翌日の放課後《ほうかご》、新しいレギュラー・メンバーが発表された。

校庭のかたすみにある部室の前に、サッカー部員が集まっている。キャプテンの海野以外は、全員が腰《こし》をおろしていた。三年二十一名、二年十八名、一年二十六名――計六十五名の陣容《じんよう》である。

傾《かたむ》きかけた日差しが、みんなの背中《せなか》を照《て》らしていた。身動き一つせず、みなかたずをのんで、キャプテンの表情を一心に見つめている。

海野が口を開いた。新レギュラー・メンバーの名前を、次々に呼びあげていく。

「……坂本幸一《さかもとこういち》……中村大二郎《だいじろう》……立石貢《みつぐ》……」

呼ばれた選手が返事をして立ち上がる。レギュラーに選ばれるのは、キャプテンの海野を含《ふく》めて二十名だ。互《たが》いにだれが呼ばれるかは、日ごろのプレーでだいたい想像《そうぞう》できる。とはいっても、やはりこのような発表には、いつの場合にも緊張がつきまとう。みんなの真剣な表情も、そのことを物語《ものがた》っていた。

「……鈴木《すずき》光隆《みつたか》……早乙女剣司……」

「はい――」と答えた剣司の顔に、海野がチラリと視線を走らせた。

レギュラー選手全員の名を告《つ》げ終わると、海野は顔を上げ、立っているメンバーをグルリと見まわした。

「――この二十名で、これからの試合を戦っていく。以上！」

レギュラーのうち、三年生については数人の交代《こうたい》があった。二年生は剣司ただ一人である。ちょうど竜太と剣司が入れかわったかっこうになった。

監督の島野先生が前へ進み出た。

「新しい一軍の二十名が決まった。新しい決意《けつい》で、新しい挑戦《ちょうせん》の意欲《いよく》に燃えて、大《おお》いに頑張ってほしい。一軍にあがった人、二軍にさがった人、いろいろあると思う。

しかし、どんな立場《たちば》になっても、自分のいまいるところでベストを尽《つ》くすことが大切だ。やたら有頂天《うちょうてん》になったり、いたずらに気を落とすのは、二流三流の人間である。一流の人間は、どんなときにも黙々《もくもく》と努力《どりょく》を積み重ねていく。それが、最後の勝利をつかみとる秘訣《ひけつ》だ」

午後のやわらかい光が、島野先生の日焼《ひや》けした顔に降《ふ》り注《そそ》いでいる。ひたいに手をかざすと、島野先生は続けた。

「いまの全日本の選手たちも、ワールドカップに出てくるような世界の一流プレーヤーたちも、みんながみんな君たちのころからずば抜《ぬ》けた素質《そしつ》の持《も》ち主《ぬし》だったわけじゃない。中学生のころは目立たなくても、十代の後半あるいは二十代に入ってから、めきめき力をつけてきた選手がいっぱいいる。それだけじゃない。高校のときからサッカーを始めて、日本代表になった選手だっているんだ……」

サッカーの世界は厳《きび》しい。少なくとも小学生のころから取り組まなければ、一流のプレーヤーになることは、ほとんど不可能《ふかのう》ともいわれている。

高校から始めたって、もう遅いのではないか――全日本の代表選手になったその彼の心にも、こんな考えが何回となくちらついたという。

他人と同じ努力をしていたのでは追いつかない。二倍努力して、やっと同じレベルになれる。他人よりうまくなるには、三倍の努力をしなくちゃならない。そう決意して、彼はだれよりも早くグラウンドへやってきて、朝も夜も猛練習に明《あ》け暮《く》れた。

結果を出せない努力は、ほんとうの努力ではない。結果を出せなくても自分の努力に満足してしまう人は、一流にはなれても、超一流にはなれないのだ。

「君たち！　目指《めざ》すなら一流といわず、超一流を目指せ。そのための、毎日の努力を怠《おこた》るな。人間だから素質もある。技術のうまいへたもある。けれども、超一流の人間というのは、たんに素質や技術のすぐれた者をいうのでなく、どんなときにもけっして地道《じみち》な努力を忘れない人のことをいうんだ。その一歩一歩の懸命な努力の積み重ねが、超一流の人間をつくっていく。このことをよく覚えておいてほしい――。それから、最後に……」

島野先生が声を落とした。

「みんなも知ってるように、きのう竜太がケガをした。左足首の捻挫《ねんざ》だ。病院でみてもらったところ、関節《かんせつ》のすじが切れてしまっている。いまも病院にいってるけど、全治二カ月の重傷《じゅうしょう》らしい。だから当分《とうぶん》、練習もできない……」

剣司は、顔を上げることができなかった。みんなは島野先生を見上げているけれど、あのときの剣司のプレーをきっと思い出しているにちがいない。

あのとき——あの瞬間——。

おれは竜太めがけてすべりこんだ。なんとしてもシュートを防ごうと、思いきってタックルをしかけにいった。あのとき、おれは何を考えていたのだろう。あの瞬間、おれの心にあったのは何だったのか。

目の前にボールがあった。そのすぐわきに竜太の足があった。おれはボールをねらったのか、それとも……竜太の足をねらったのか……。

一秒の何十分の一という瞬間、おれの心にあったのは、どちらだろう。おれの心にきざしたものは、なんだったろう……。

剣司は自分の心の奥底《おくそこ》を、のぞきこむのがこわかった。あの一瞬を、はっきりと思い出すのがいやだった。

――ええい、忘れてしまえ。サッカーにケガはつきものだ。こんなことは、しょっちゅうある。いまさらくよくよ考えこんでも、しようがないじゃないか。

――ちがう、ちがうんだ。自分をごまかすな。他人の目はごまかせても、自分の心はごまかせないぞ。あの一瞬の、自分の心の奥を、しっかりとのぞきこんでみろ。

二つの思いが、剣司の胸に渦巻いた。苦しかった。考えたくなかった。しかし、気にするのはよそうと思えば思うほど、胸の息苦《いきぐる》しさはつのるばかりであった。


剣司がサッカーを始めたのは、小学校の一年のときだった。

休み時間になると、クラスの仲間たちといっしょに、ボールをけとばしながら走りまわったものだ。サッカーというより、それは楽しい遊びの一つだった。

四年生になったとき、剣司は近所のサッカー・クラブに入った。

素質があったのだろう。剣司はメキメキ頭角《とうかく》を現した。四年の三学期には、五年生や六年生をさしおいて、早くもレギュラーに選ばれるほどになった。

剣司の入ったサッカー・クラブは評判《ひょうばん》のチームだった。県大会でも、何回となく優勝している。

クラブの監督が口ぐせのように語っていた言葉を、いまでも剣司は忘れられない。

「いいか！　勝負は負けちゃだめなんだ。どんなことをしても勝つんだ。その執《しゅう》念《ねん》がなくっちゃ、試合には勝てないぞ！」

どんなことをしても勝つ——。何が何でも勝つ——。その言葉を、剣司はいつも自分にいい聞かせてきたのである。

静岡のK中に入学してからも、それは変わらなかった。県で一、二を争うサッカー部だけあって、練習も厳しいし、試合もきつい。しかしそのなかで、剣司の負《ま》けん気《き》の強さはいっそう激しくなっていった——。

去年の暮《く》れに行われた新人戦の第三戦でのことである。前半は〇対二とリードされた。しかし後半、一年生の剣司が一人で三点をたたき出すという〝ハット・トリック〟をやってのけ、見事に逆転《ぎゃくてん》したのだった。

そのときの剣司の活躍はすさまじかった。反則《はんそく》すれすれのタックルをかけて、ボールを奪いとる。ドリブルで、何人もの相手をごぼう抜きにする……。後半は、まさに剣司だけのワンマン・ショーといってよかった。

試合には勝ったものの、さすがに監督はいい顔をしなかった。

そのあとのミーティングで、監督は剣司にこういったものだ。

「サッカーは一人でやるもんじゃない。お前はボールを持ちすぎだ。もっと味方《みかた》にパスをまわせ。サッカーは十一人でやるスポーツなんだ。チームワークを忘れるな。きょうはたまたま勝てたが、いつもこんな調子でいくとはかぎらんぞ！　パスをまわせば、もっと楽に点を取れたんだ」

それでも剣司は、内心こう思うのだった。

——そんなことはわかっている。チームワークといったって、へたなやつにボールをまわしても、すぐにとられてしまうばかりじゃないか。それが前半、敵にリードを許《ゆる》してしまった原因だ。逆転できたのも、おれがあれだけ頑張ったからだ。なんでそのおれが、文句《もんく》をいわれなきゃならないんだ。

口にこそ出さなかったが、そんな不満が剣司の胸のうちにはくすぶり続けた。

これまで強気一辺倒《いっぺんとう》で押してきた剣司である。しかし、竜太の負傷をまのあたりにして、心のなかで揺らぐものを、剣司は感じ始めていた。

不思議なことであった。じつをいえばこれまでも、乱暴《らんぼう》なプレーで相手にケガをさせてしまったことが、剣司には何度かある。しかし、これほど気にはならなかった。どうしてなんだろう。同じチームの選手だからか。同じ二年生の相手だからか。それとも、別の理由があるのだろうか……。

そんなことに気を取られず、おれはいままでのおれでいいんだ——と剣司は自分にいい聞かせる。

だが彼は、そのように納得《なっとく》しようとしながらも、揺らぐものの正体《しょうたい》をいつしか見きわめようとしている自分に気づくのだった。


春は時おり強い風が吹く。教室の窓のすきまからも、砂ぼこりがいつの間にか忍《しの》びこんでくるようだ。机の上も、ほこりっぽく感じられる。

六時限目の歴史の授業であった。教壇《きょうだん》にはサッカー部監督の島野先生が立っている。古代ギリシャの文化について語っているが、この日はめずらしくなかなか〝脱《だっ》線《せん》〟しない。

あたたかな春の午後……うつらうつらしている生徒もいる。剣司もその一人だ。先生は黒板に地図を描《えが》きながら、ギリシャが紀元《きげん》前四世紀、マケドニアの王フィリッポス二世によって征服《せいふく》されたことを説明していた。フィリッポス二世の子アレクサンドロスは、ペルシャを討《う》つため東方遠征《とうほうえんせい》に出発し、わずか十年の間にギリシャ、エジプトからインド西部にまたがる大国家を建設した――。

「ガウガメラの会戦《かいせん》で、アレクサンドロス大王は、四倍以上のペルシャの大軍を、わずか七千騎《き》で打ち破ったのであった……」

風が、窓わくを揺さぶる。

きょうも練習前に、しっかり水をまかなくちゃならないな……と竜太は思った。

全員がフィールドを走りまわれば、もうもうたる土ぼこりがわきあがる。この季節ともなれば、なおさらだ。突風《とっぷう》にあおられて、目をあけていられないことも少なくない。

選手たちは、手足はもちろん、首すじから髪《かみ》のなかまで、汗とほこりですぐ汚れてしまう。グラウンドへの散水《さんすい》は、だから欠《か》かせない仕事であった。

ケガをしてから、竜太は新入部員にまじって水まきを手伝った。「先輩、いいんです。休んでてください」という彼らの声を背に、竜太は左足をかばいながらも、率先《そっせん》して散水の準備に励《はげ》む。

「いいか、君たち。水まきにも、こつがあるんだ」

消火用の筒先《つつさき》がついているホースを、水の勢《いきお》いに負けないよう、しっかり腰に構《かま》えること。一カ所にジャブジャブ注ぐと、そこだけぬかるみになってしまう。なるべく均等《きんとう》に、霧雨《きりさめ》が降るように、水をまくこと。そして、しっとりと湿《しめ》り気《け》を含ませて、大地を落ち着かせる……。

ケガの翌日を除《のぞ》けば、毎日の練習にかならず竜太は現れた。もちろん、みんなといっしょに駆《か》けることはできない。だが、そのかわり、竜太は雑用《ざつよう》と思えるような仕事に率先して取り組んだ。

くじいた左足首に、それほどの痛《いた》みはない。あまり無理《むり》をしなければ、多少は動きまわれる。とはいっても、大地をまともに踏みしめれば激痛《げきつう》が走った。学校への行き帰りは、やはり松葉杖《まつばづえ》を使わなければならなかった。

レントゲンで調べたところ、左足首外側のすじと膜《まく》が完全に切れてしまっていた。ギプスで固めて、治るまで二カ月——それが、医者の診断《しんだん》であった。となると、六月いっぱいまで、サッカーはできないということだ。

失敗だった……と竜太はつくづく思う。

——右なめ後ろから剣司がタックルしてくることを、ぼくはあのとき気づいていた。いつもなら、パッと跳《と》びあがってかわすところだが、ちょうどシュートの体勢に入っていたので、かわす決心がつかなかった。あのぎりぎりの瞬間に、ぼくは一《いち》か八《ばち》かでシュートを選んだのだ。

右足を振りおろし、まさにボールにふれようとした寸前《すんぜん》、剣司の足が矢のように飛んできた……。ぼくの判断ミスだった。

だが、剣司のタックルがわずかにそれて、ぼくの左足にくるとは思わなかった。

衝撃を受けた瞬間、左の足首はものすごい力で外側にねじ曲《ま》げられ、竜太はゴキッというういやな音を聞いたように感じた。そして、気がついたときには、フィールドにあおむけに倒れていた……。

むこうずねをけられたこともある。かかとの骨にひびが入ったこともある。手の指を折ったこともある。すり傷などはかぎりない。しかし、治るまでこれほど時間のかかるケガは初めてだった。

ケガをするたびに、いちばん心配するのは母親であった。痛々《いたいた》しそうなまなざしで「あんまり、むちゃしないでよ。お願いだから」と口ぐせのようにいう。

けれどもそのようなとき、きまって父親はこんなふうに口をはさむ。

「いいんだ。少々のケガぐらい……男なんだから」

「何いってるんですか、あなた！　ケガした竜太の身にもなってやってくださいよ。ほんとに無責任なんだから」

「何が無責任なものか。こうやって男は鍛《きた》えられていくんだよ」

「そんなことといったって、取り返しのつかないケガをしたらどうするんです」

「………」

いつも最初に口を開くのは母親、そして口を閉《と》じるのは父親であった。

母親に心配をかけるのがいやだったので、竜太はケガをしても、泣きごとをけっしていわなかった。痛くても、じっとこらえて黙《だま》っていた。

でも、さすがに今度のようなケガは、かくしようもない。

左足を包帯でグルグル巻きにして戻ってきたわが子を見て、母は「あらぁー」と叫んだまま、大きなひとみをよりいっそう大きく見開いて、しばし言葉を失ったものである。

あのときの母の表情を思い起こすと、竜太はおかしくなって、クスンと笑い出しそうになった。

「おい！　そこで、放課後の練習のためにエネルギーをためこんでるやつ。剣司、君だ。いまの問題の答え、わかるか」

剣司がもぞもぞしながら、眠《ねむ》そうな目を上げた。ぼんやりと島野先生をながめている。

「もう一度、いうぞ――。ここに一万人の軍勢《ぐんぜい》がいたとする。これをA軍としよう。

向こうにも同じく一万人の軍勢がいる。これはB軍だ。このA軍とB軍が、二回にわたって戦闘《せんとう》を繰《く》り広げたとする……」

アレクサンドロス大王から、いつの間にか話が戦争クイズにとんでいる。どうやらきょうも授業は、大幅《おおはば》に〝脱線〟したらしい。

「……A軍は、一万人全員が二回の戦闘をぶっ続けで戦った。B軍は、一万人を五千人ずつの二グループに分けて、それぞれ一回戦と二回戦を戦った。要《よう》するに、一回戦が終わったら、それまで戦って疲れている五千人にかわって、元気いっぱいのもう一つのグループ五千人が躍り出て、二回戦を戦うわけだ。両軍の兵士の戦闘能力《のうりょく》は、まったく互角であるとする。さて、このとき、勝利をおさめるのは、どちらの軍勢であろうか。A軍か、B軍か——。剣司！　どうだ」

島野先生が、うれしそうに問いかけた。剣司はキョトンとして、首をかしげたままだ。

「おい！　この問題、わかる人！」

教室中が、ざわつき出した。あちらこちらで、意見をかわしあっている。

「半々にして戦うB軍のほうが有利《ゆうり》じゃないかな。A軍みたいにぶっ続けで戦ったら、へばっちゃうぜ」

「いやあ、A軍のほうが勝つだろう。なんたって、人数の多いほうが強いよ」

「だけど、あんまり疲れすぎたら、戦えなくなっちゃうんじゃない」

「そんなことはないだろう。選挙だって、数の多いほうが勝つんだぜ」

「なにいってるの！　選挙と戦争はちがうわよ」

「あたしは、だけど、戦争って、やっぱりいや。人間と人間が殺しあうなんて、最低よ」

議論は白熱《はくねつ》するばかりである。まとまりそうもない。

「よーし、みんな！　それでは決《けっ》をとろう。A軍が勝つと思う人、手をあげて！」

クラスの半分ほどの生徒が、ぱらぱらと手をあげた。

「それでは、B軍が勝つと思う人！」

残りの手があがった。どうやら意見は、まっぷたつに分かれたようだ。

「正解《せいかい》は――A軍である。この場合は、A軍が勝利をおさめる」

「ほーら、やっぱり！」

「エーッ、ウッソー！」

教室に、どよめきと歓声《かんせい》が入《い》り乱《みだ》れた。

「おーい、みんな、静かにしろ！」

島野先生が両手で制《せい》して叫んだ。

「つまり、このことは何を物語《ものがた》るかといえばだな、要するに戦いは〝遊び〟のあるほうが負ける——ということなんだ」

つねに全員が戦っているA軍に対して、B軍のほうはいつも半分の兵士が遊んでいる。疲労《ひろう》などの問題はあるかもしれないが、しかしそういった点を考慮《こうりょ》しても、これではB軍に勝ち目はまったくないのである。

島野先生の説明に、生徒が感心《かんしん》したようにうなずいた。

「では、次に、応用問題だ——」

先生がにこにこしながら、またもや身を乗り出した。歴史の授業は、どうなったんだろう。

「君たち、騎馬戦《きばせん》を知ってるだろ。三人で騎馬を組み、一人が上に乗る。つまり四人で一騎を組み上げる。そして互いに相手の騎手《きしゅ》を落としあう。たくさん残ったほうが勝ちだ。さて、まったく同数・同能力の陣容であった場合、かならず勝つにはどのように戦ったらいいか。つまり、騎馬戦の必勝法《ひっしょうほう》だな――」

島野先生が、ウキウキした表情で、片手をまっすぐ上にあげ、「はい、わかる人！」と例の通りに問いかけた。いつも変わらぬポーズである。

教室がまた、ざわざわし始めた。

「相手を落っことすんじゃなくて、鉢巻《はちま》きを取ったら勝ちなんじゃないの」

「それは、小学生の騎馬戦だよ」

「後ろから襲いかかるようにしたら、どうだろう」

「いつも、そう、うまくいくとはかぎらないぜ。向こうだって、警戒《けいかい》するだろうし……」

「騎馬戦なんて、やったことないから、わかんないわ……」

「あれ、危《あぶ》ないから、やっちゃいけないのよねぇー」

「つまんないことというなよ！　これは問題なんだから」

またもや、いっこうに回答は出そうにない。島野先生がうんざりして、やれやれといった顔つきになった。

「あのね――さっきもいったように、ポイントは〝遊び〟なんだよ。遊んでるほうが負ける――この原理《げんり》を応用するわけだ」

「わかった！　じゃあ、敵を遊ばせちゃえばいいのね」

声をあげたのは、クラスでいちばん成績がよく、バレーボール部のエースとして活躍する花岡咲子《はなおかさきこ》だ。

「その通り！　さあ、敵を遊ばせるには、どうしたらいい」

「うーん、要するに……遊んでいる敵を、なるべく多くつくり出せばいいってことね。それには……」

みんなはまだわけがわからず、けげんなまなざしで咲子を見つめている。

「……敵と当たるときに……こちらはかならず……二騎がペアで……ぶつかるようにすればいいんじゃないかしら。そうすれば、戦っている騎馬は、いつもこちらが相手の二倍。逆に、遊んでいる騎馬、つまり戦ってなくてあちこち移動している騎馬は、いつも相手のほうが多くなる――」

「その通り！　しかし、お前、よくわかったなあ。いままでにこの問題ができたのは、花岡が初めてだ」

島野先生も、びっくりした様子である。

「おい、みんな！　いまの答え、わかったか――」

かんで含めるように、先生がもう一度、ゆっくりと説明した。

戦いが始まる前に、こちらは二騎ひと組のペアを決めておく。相手の騎馬と戦うときは、かならずこのペアでぶつかるようにする。一対一の戦いは絶対に避《さ》ける。相手の一騎に対して、こちらは二騎で立ち向かうのだから、断然《だんぜん》こっちが有利である。運悪《うんわる》くペアのうちの一騎がつぶされてしまった場合も、生き残った一騎は、同じような〝はぐれ騎馬〟とまた新しいペアを組むか、もしくは近くのペアに合流していっしょに戦うようにする。どんな場合も、単独《たんどく》で向かっていくことは絶対しない。これが鉄則《てっそく》なのである。

敵と味方が入り乱れて、ごちゃごちゃしてきても、かならずペアでぶつかるという一点さえ忘れなければ、知らないうちに味方が勝利をおさめる結果になることは、九分九厘《くぶくりん》まちがいない。

「何だか、卑怯《ひきょう》だな。ちょっと、ずるいんじゃないの……」

「何が卑怯なもんか！　こういうのを作戦というのだ」

島野先生が、むきになっていい返す。

「一対一の戦いを避けて逃げまわるなんて、あまりかっこよくない……」

「かっこの問題じゃないんだよ。たとえば、相手がそういった戦法《せんぽう》でくるなってことがわかれば、こっちはさらにそれを打ち破る戦法を考えればいいんだ。三騎でいっしょに行動するとか、陣形《じんけい》にも工夫《くふう》をこらすとか……。同じ土俵《どひょう》の上でルールを守って戦うのは、当然のことだ。そのうえで、作戦をねるのがどうして悪い」

「そういわれてみれば、やっぱりそうかなあ……」

「とにかく——きょう、ぼくのいいたかったことは、戦いでは〝遊び〟のあるほうが負ける、ということなんだ。これは戦争ばかりじゃない。スポーツでも同じだぞ。たとえば、サッカーだ――」

見えない糸でつながっているかのように、十一人全員が動くこと。一人のプレーに連動《れんどう》して、他の選手も的確な状況判断のもと、どのような展開になっても即応《そくおう》できる体勢をとっておくことが大切だ。

ボールが遠くにあるからといって、ぼんやりしているようではだめだ。なぜなら、そこには〝遊び〟が生まれているからだ。このように、遊んでしまっている選手がいるようでは絶対に勝てない。

また、同じチームにあっては、ほかの選手を〝遊び駒《ごま》〟にしないプレーが大事である。つまり、自分勝手なワンマンプレーは断じていけない、ということだ。仲間を遊ばせてしまうような選手のいるチームは、まぐれで勝つことはあっても、優勝をねらえるところまでは絶対にいかない。

互いに生かしあうプレーを忘れるな。それがチームワークということだ。

「――わかったか、剣司」

「はい……」

そのとき、授業の終わりを告げるチャイムが鳴った。

「よーし、じゃあ――きょうはこれでおしまいだ」

生徒の一人が叫んだ。

「先生！　今年の体育大会は、騎馬戦やりたいですね」

笑いの渦が教室を包んだ。

歴史の時間なのに、この日もまた、何の勉強だかわからない授業となった。

（二）

二日後――。

剣司《けんじ》は、いつもより早く家を出た。四歳になる弟が部屋中をかけずりまわるので、目がさめてしまったのだ。

朝練習を、剣司は欠《か》かしたことがなかった。授業が始まる前に流す汗《あせ》は、じつに気持ちがいい。

疲《つか》れて勉強に身が入らなくなるかといえば、そうではない。かえって頭もすっきりして、とてもさわやかな気分だ。

中学一年のとき、朝練習を始めたころは、何ともつらかった。眠くて、なかなか起きる気になれなかったからだ。

だが、静岡K中のサッカー部は厳《きび》しかった。さぼったりすると、先輩のようしゃない注意がとんだ。

そうした雰囲気《ふんいき》のなかで、剣司もやがて、朝練習の効果《こうか》を身で知るようになっていった。

とくに、冬の早朝トレーニングは忘れられない。夜がしらじらと明《あ》けそめるなかのランニング……。吐《は》く息《いき》は白く、手足はかじかんでいる。しかし、そのうち体中がポカポカと躍動《やくどう》してくる。寒い教室での勉強も、苦になるどころか、かえって心地《ここち》よいほどだ。

そして剣司は、一冬《ひとふゆ》を越えて、スピードもキック力も抜群《ばつぐん》に向上している自分を、浮《う》きたつような思いで実感したのだった。

ただ、朝練習に出て困《こま》るのは、午前中の授業が半分も終わらないうちに、お腹《なか》が猛烈《もうれつ》に空《す》いてくることである。給食のおかずがまぶたの裏にちらついて、我慢《がまん》できないこともしばしばだった。

きょうの献立《こんだて》は、何だろうか……。そんなことを思いながら、剣司は校門をくぐった。いつもより早いためか、生徒の姿《すがた》はまるで見えない。校舎も校庭も、ひっそりと静まり返っている。

ロッカールームでユニホームに着がえると、剣司は職員室のとびらをたたいた。宿直《しゅくちょく》の先生から、部室のカギをもらうためだ。

応答がない。静かである。剣司は、もう一度ノックをした。それでも、いぜんとして返事がない。

そっととびらを開いて、剣司は職員室をのぞきこんだ。宿直の先生は、どこへいったんだろう。

サッカー部の部室のカギは、いつも右手の壁に掛かっている。剣司は職員室に足を踏み入れると、カギの掛かっている壁ぎわへと進んだ。

「あれっ！」という気持ちが起きたのは、そのときだった。サッカー部のカギがなかったからだ。壁には、いろいろなクラブの部室のカギが十数個ほど並んでいる。そのなかで、サッカー部のカギだけが、見あたらない。

剣司は一瞬《いっしゅん》、途方《とほう》に暮《く》れた。しかし、ここでぼんやりしていてもしようがない、とにかく部室の前までいってみよう――そう思い直すと、剣司は足ばやに職員室をあとにした。

サッカー部の部室は、グラウンドの西端にある。校舎の角《かど》を曲がったとき、剣司は部室のとびらが開いていることに気づいた。しかもその前に、だれかがしゃがみこんで、何かをしている。

人影《ひとかげ》は竜太《りゅうた》であった。どうやら、ボールみがきをしているらしい。泥《どろ》にまみれたサッカーボールを、一生懸命《いっしょうけんめい》きれいにしているのだ。

ボールがきたないチームは強くない、といわれる。それだけに、目立たないことではあるが、これは大事な作業である。

「なんだ！　竜太じゃないか」

「やあ！　おはよう」

「どうしたんだ、こんな早くから――」

「うん――」

「ボールみがきなんて……新入生の一年坊主《ぼうず》にまかせとけよ」

「いや……いいんだ。きょうの午後、隣《となり》のF中と練習試合やるって聞いたから――」

「だって、お前、こんな早くから……そんなことやらなくたって……」

「いまのぼくには、手しか使えないもの」

さっぱりした笑顔《えがお》で、竜太がつぶやく。

かすかな驚《おどろ》きが、剣司の胸を貫《つらぬ》いた。なんというやつだろう。なんて素直《すなお》なんだろう。かっこをつけてるわけでもない。気取《きど》っているわけでもない。たんたんと、それがあたりまえであるかのように、竜太は自分の仕事に励《はげ》んでいる。

「お前、足が悪いのに……」

そういいかけて、剣司はあとの言葉をのみこんだ。あの事故にふれるのは、なぜか気がひけたからである。

手を動かしながら、竜太が剣司に呼びかけた。

「知ってる？　メキシコ・オリンピックのときの話――」

「えっ！　オリンピック？　メキシコの？」

「うん――」

「ああ、たしか……日本のサッカーチームが銅メダルをとった大会だろ」
「うん、その試合のかげには、こんなことがあったんだ」

一九六八年に行われたメキシコ・オリンピック──。日本代表のサッカーチームは、そのとき奇跡的《きせきてき》ともいえる活躍で、銅メダルを獲得《かくとく》した。後にも先にも、わが国のサッカーチームが、これ以上の成績をおさめたことはない。

しかし大会においては、すべてが順調にいったわけではなかった。いちばんのハプニングは、チームのキャプテンが大会初期に負傷《ふしょう》してしまったことである。しかしキャプテンは、試合には出られなくなったものの、自分にできることは何でも引き受け、チームのみんなをもりたてたという。

「だからぼくも──こうやってボールみがきをしているのさ。できることは、何でもやろうと思ってね」

「…………」

剣司の胸のうちで、なにかがゆっくり動き始めた。竜太に、あることを告《つ》げねばならない自分を感じた。

あの事故について、竜太はひとかけらの疑《うたが》いもいだいていない。起きてしまった出来事《できごと》を、そのままわが身に引き受けて、しかもそこから精一杯《せいいっぱい》の努力を傾《かたむ》けて立ち直ろうとしている。

ああ！　なんで竜太にケガなんかさせてしまったんだろう。おれは竜太に、きちんとあやまらなくちゃならない。

あのあと――「ごめんよ」と言葉をかけはした。けれども、そんな形式的なあやまり方ですませるわけにはいかない。心の底から、おれは竜太にわびるべきなんだ。

しかし……しかし……どんなふうに、切り出せばよいのだろう。いや、待て。その前におれは、自分の心のなかをしっかりと見定めなくてはならない。あれは事故だったのか、それとも故意《こい》だったのか……。

あやまらなくては――なんて考えるところをみると、やはりおれは、あのときわざと……。

揺《ゆ》れ動く心をいだいて、剣司は身じろぎもできないまま、竜太の手元《てもと》をじっと見つめ続けていた。

そのとき、グラウンドのかなたから元気あふれる声がとんだ。

「おはようございまーす！」

朝練習にやってきた選手たちだ。何人かのメンバーが、小走《こばし》りで近づいてくる。

剣司は、われに返った。竜太に話すのは、この次の機会にしよう。まだまだ時間はたっぷりある。急ぐことはないだろう——。そう自分を納得《なっとく》させると、剣司はランニングの準備にかかった。


練習試合はF中のグラウンドで、三時過ぎから行われた。

F中との対戦は、これまでにも何回かある。手ごわい相手ではない。だいたいいつも、こちらが勝利をおさめている。

この日は、三十分ハーフである。前半と後半で、計一時間の戦《たたか》いだ。練習試合なので、メンバーは自由に交代《こうたい》させてもよいことになっている。

試合は、めずらしく一進一退《いっしんいったい》の好ゲームになった。フォワードが突《つ》っこんでも、いいところでカットされたり、パスが通らず、インターセプトでボールを奪《うば》われたりする。

敵《てき》の攻撃《こうげき》もまた、かなりしつこかった。

味方のゴールは、そのためしばしばピンチに陥《おちい》った。キーパーのファインプレーがなかったら、序盤《じょばん》でリードされそうな形勢《けいせい》であったといってよい。

選手交代で、剣司がフィールドに出たのは、前半二十分からであった。

敵のマークが、二人ついてくる。剣司は〝おやっ?〟と思った。相手のチームにとって、剣司は初めての選手のはずである。事前《じぜん》にかなり、こちらのチーム内容をつかんでいるらしい。

敵にがっちりマークされて、思うように活躍できない。だが、それ以前に、なぜかもう一つやる気が出てこない。フィールドを駆《か》けながら、剣司はそんな自分をうすうす感じていた。

前半終了五分前、ついに敵のシュートが、味方のゴールを割《わ》った。そして二分後、さらに今度は追加点を奪われた。あっという間の二点であった。前半の戦いは、そのまま幕切《まくぎ》れとなった。

「おい！　お前たち、何やってるんだ。いつものプレーが全然できてないぞ。一人ひとりの動きが、ばらばらだ」

島野《しまの》先生が、こわい顔でにらんだ。

「――それに、坂本！　つめが甘《あま》いぞ」

「はい。あそこにマウンドがあるんで、どうもやりにくくて……」

フィールドの一角に、野球のピッチャーズ・マウンドがある。敵のゴール近く、向かって右側に、小高い土盛《つちも》りがしてあるのだ。坂本はそこで二度ほどつまずいて、絶好《ぜっこう》のシュート・チャンスを逃《のが》している。

「――マウンドのせいにするな。お前が通るときだけ、あそこの土は盛り上がるのか。そうじゃないだろう。だれが見たって、あそこにマウンドがあることはすぐわかる。あのマウンドは、敵と味方の両方に与えられている環境であり条件なんだ。敵にしたって、あんなところが盛り上がっていれば、プレーしにくい。あらかじめ、そんなことは考慮《こうりょ》に入れておけ。一度はともかく、二度も同じ失敗をするやつがいるか」

五分のハーフタイムは、またたくうちに過ぎて、試合は後半戦へと突入した。

敵は、いぜんとしてしぶとい。こちらは、もう一つリズムにのれない。これまでは楽勝《らくしょう》だった相手なのに、きょうはどういうわけなんだろう。みんなの顔には、だんだんとあせりの色がこくなってきた。

敵のフォワードが、ドリブルで味方の陣地《じんち》へ突っこんでくる。それを阻止《そし》しようと、キャプテンの海野《うみの》が正面から間《ま》をつめていく。

このままではボールをとられる――と相手は直感《ちょっかん》したらしい。渾身《こんしん》の力をこめて、やむにやまれず強引《ごういん》なキックを放った。

蹴《け》られたボールは、たまたま肉薄《にくはく》していた海野の顔面をしたたかに直撃《ちょくげき》した。

そのとき――相手ベンチの近くにいた剣司は、はやしたてるような笑い声を耳にした。

海野にしてみれば、かわすひまもない。また、かわすつもりもなかったようだ。あたった瞬間《しゅんかん》、海野はちょっと顔をそむけただけで、何事もなかったように、すぐ次のプレーに移っていく。

しかし、相手ベンチの選手たちは、顔面《がんめん》に球があたってしまった海野に対して、あざ笑うような声をたてたのだ。

剣司は、思わずカッとなった。あたまに血がのぼって、耳たぶが熱くなった。おさえようもなく、言葉が口をついて飛び出した。

「何がおかしい！　だれだ！　いま笑ったやつは！」

フィールドから怒《いか》りの形相《ぎょうそう》でにらみつける剣司を、相手のひかえの選手たちがびっくりしたように見つめ返している。

それまでずっと、剣司はむしゃくしゃした気分に陥《おちい》っていた。弱いと思った相手が、きょうは意外に善戦《ぜんせん》している。いや、善戦どころか、こちらをリードしているのだ。それなのに、いつもの燃《も》えたつ気持ちが、どうしたわけかわいてこない。

そのことに剣司はあせっていた。いらだっていた。それでつい、相手ベンチの不《ぶ》作法《さほう》な笑いに、うっぷんが爆発してしまったのである。

言葉を発してから、剣司はかすかに〝しまった！〟と感じた。だが、いまさら引きさがるわけにはいかない。後悔《こうかい》の念《ねん》をむりやり胸の奥にしまいこんで、剣司はかさねてたたみかけた。

「おい！　何がおかしい——と聞いてるんだ。答えろ！」

あっけにとられていた相手も、やがてわれにかえって口々《くちぐち》にざわめき出した。

「なんだ！　こいつ」

「えらそうにいうな！」

次の瞬間、剣司がタッチラインを跳《と》び越えて、相手の一人につかみかかった。

ベンチは騒然《そうぜん》となった。剣司の後ろから組みつく者、もみあっている二人を引きはなそうとする者、「やめろ！」と叫《さけ》ぶ者……。

鋭《するど》い笛の音が、フィールドに響《ひび》いた。審判《しんぱん》がこちらに駆けてくる。

「なにやってるんだ——そこは！　おい！　やめるんだ——。静かにしろ！」

グラウンドでもつれあっていた数人が、やっとおとなしくなって立ち上がった。

あきれ顔で、主審《しゅしん》が剣司に告げた。

「君は、退場《たいじょう》だ！」

ふるえる握《にぎ》りこぶしを固《かた》めながら、剣司は審判をにらんでいる。わななくくちびるが、なにかいいたそうだ。眉《まゆ》に怒りをみなぎらせた剣司は、やがてクルリときびすを返すと、足ばやに味方のベンチへと戻《もど》り始めた。

その後ろ姿を見届けると、審判はF中ベンチの選手たちに向きなおった。

「君たちにも、ひとこといっておきたい。味方の応援はいいが、相手への心ない挑発《ちょうはつ》はもってのほかだ。そういうことじゃ、スポーツ選手としての資格《しかく》はない。そのことを忘れないでくれ――」

試合は、二対三で負けた。予期《よき》せぬ敗北《はいぼく》であった。

練習試合ではあったものの、やはりレギュラー・メンバーは、敗戦を深刻《しんこく》に受けとめているようだ。

心なしか元気のない選手たちを前に、島野先生が口を開いた。

「きょうの試合は、君たちにとって、とても良い教訓《きょうくん》であったと思う。油断《ゆだん》のこわさが、これでよくわかったろう……」

F中には、これまで何回も勝っている。きょうの練習試合も、簡単に勝てると考えたにちがいない。選手たちは、初めからF中をなめてかかっていた。そこに、落とし穴《あな》があったのだ。

きょうのF中の力は、ちょっとちがっていた。これまでの敗因《はいいん》を、徹底《てってい》して分析《ぶんせき》したのだろう。そして一人ひとりが、自分のなすべきプレーを何回も練習したのにちがいない。どの一人をとってみても、遊んでいる選手はいなかった。

「ところが、うちのチームはどうだ。多くのメンバーが〝何とかなるだろう〟と思っていたんじゃないか。〝また、F中か……〟。胸を貸してやろう〟ぐらいに考えていたんじゃないのか。だから、遊びだらけ、スキだらけの試合になってしまった」

日が少し長くなったとはいえ、東の空は早くもたそがれ色に包まれている。この日のミーティングは、まだ続きそうだった。

「戦ううちに、相手の意外な攻勢《こうせい》に気づき始める。しかし、一度ゆるんだ気持ちは、なかなかもとに戻らない——」

そのうち、リードを奪われる。これはたいへんだ、ということになる。だんだんとあせってくる。おまけに、一発逆転《いっぱつぎゃくてん》をねらって、プレーそのものも荒くなる。そこをつけこまれ、さらに追加点《ついかてん》を許《ゆる》してしまう……。

このように、あなどってかかると、かならずといってよいほど、つまずく結果となるのである。

実力《じつりょく》の差《さ》はあるように見えても、それはまだ不安定な要素《ようそ》なのだ。であればこそ、油断と慢心《まんしん》は、ただちに敗北へとつながる。前年度の優勝校《ゆうしょうこう》が、あっけなく敗《やぶ》れさるのは、このへんに一つの原因《げんいん》があるといってよい。

「それから、もう一つ――」

島野先生が、言葉をついだ。

「きょうの試合で、剣司が退場処分《しょぶん》になった。理由《りゆう》は、君たちもすでにわかっていることと思う」

みんなが、いっせいに剣司を見た。剣司は、あのときのことを思い出したのか、またもや不満気《ふまんげ》な面持《おもも》ちになった。

「そこでまず、みんなの気持ちを聞いてみたい。何でも思ったことをしゃべってくれ。遠慮《えんりょ》はいらない。あそこでとった剣司の行動、みんなはどう思う？」

その場にいるメンバーの表情《ひょうじょう》が、いろいろに変化《へんか》し出した。

「ちょっと、あれはやりすぎだったな」

「でも、あんまりきたないヤジはいけないと思います」

「だけど、そんなのは無視《むし》しとけばいいと思う」

「……しかし、あのとき、ヤジったりひやかしたりした声は、ぼくには全然《ぜんぜん》わからなかったぜ」

「うん、そうなんだ。たまたま相手のベンチ前にいた剣司だけに聞こえたんだ」

「それも、ヤジなんかじゃなくて、ただの笑い声だろ」

「キャプテンの海野先輩の顔にボールがぶつかったのを、あいつらは笑ったのさ」

「しかし、つまんないやつらだな。そんなことを喜ぶなんて」

「笑ったのは、試合を見ているだけの、ベンチにいる一年生だと思うよ。レギュラー選手は、みんな真剣《しんけん》だったもの」

あちこちで、何人かがうなずきあった。

「ということは、相手のチームとしては、別にこっちをひやかすつもりはなかったんじゃないのかなあ。新前《しんまえ》の連中《れんちゅう》が笑ったというだけでさ……」

「しかし、とにかく手は出すべきじゃないと思う――」

みんなのかわしあう意見を耳にしながら、島野先生は剣司の様子をながめていた。ふてくされた顔つきも、だんだんと落ち着《つ》きを取り戻している。あのときの状況《じょうきょう》を、冷静《れいせい》に振り返る余裕《よゆう》も出てきたようだ。

島野先生が、一つ「オホン」とせきばらいを立てた。にぎやかな話し声は静まり、みんなが島野先生を見あげた。

「ぼくには……剣司の気持ちがよくわかる。キャプテンといえば、チームの中心だ。その彼の顔面に、いやというほどボールがぶつかった。痛《いた》くないはずはない。ところが、それを見て笑ったやつの声が、剣司には聞こえたんだ。それで思わず、カッとなってしまった……」

島野先生の話を聞いて、剣司は何だかホッとした気分が広がっていくのを覚《おぼ》えた。しかしそれと同時に、すまないことをしてしまったという気持ちが、胸《むね》の底《そこ》から突《つ》きあげてきた。

試合の終わったあと、キャプテンの海野は選手の全員を一列に並ばせると、相手のベンチ前までいって「すみませんでした！」と頭をさげたのだ。

キャプテンのための怒りは、しかし逆に、キャプテンに恥《はじ》をかかすような結果《けっか》になってしまった。あの光景《こうけい》を思い起こすと、剣司は心底《しんそこ》いたたまれない気分にかられた。

「けれども……ぼくは思うんだ。怒りを感ずるのはいい。しかし、怒りに振りまわされてはいけない――」

人生を生きていくうえで、抑《おさ》えがたい怒りを感ずることは、しばしばあるだろう。何でも自分の思い通りにいくとはかぎらないし、ときには心ない悪口《わるくち》やいやがらせを受けることもあるにちがいない。

そのとき人はどうするか。怒りを爆発《ばくはつ》させてしまう人もいる。長いあいだ根にもって、うらみ続ける人もいる。陰《かげ》でこっそりと、いじわるな仕返《しかえ》しをする人もいる。人さまざまだ。

しかし、そういう人は結局《けっきょく》、自分の怒りに振りまわされているのである。自分で自分を見失《みうしな》っている、といってもよい。

怒りとは、ある意味で、心のエネルギーのほとばしりなのだ。自分の身を破滅《はめつ》させるきっかけにもなれば、ときには生きる意欲《いよく》の原動力《げんどうりょく》にもなる。

怒りを活用するとは、その心の激《はげ》しいエネルギーを、みずからの向上《こうじょう》と成長《せいちょう》へ向けて使っていくことにほかならない。相手をもっぱら傷《きず》つけるためであったら、それは怒りの乱用《らんよう》になってしまう。

「君たち中学生の年代は、一番の成長期だ。心のなかには、伸《の》びていこうとするエネルギーが嵐《あらし》のように吹《ふ》き荒《あ》れる。そのため君たちは、ときとしてそのエネルギーをコントロールすることができなくなって、暴発《ぼうはつ》させてしまう……。けれども、きまってその後にやってくるのは、後悔《こうかい》という名のさざ波《なみ》なんだ――」

早乙女《さおとめ》剣司――。運動神経《うんどうしんけい》は並《なみ》はずれている。しかも、ファイトがすさまじい。本気になったときの剣司は、まるで炎《ほのお》のかたまりのようである。

それだけに、一歩まちがえると、とんでもない方向に爆発してしまいそうだ。あのエネルギーを、きちんとコントロールできるようにするためには、どうしたらいいのだろう。剣司を知ってから、島野先生はそのことに思いをめぐらさざるをえなかった。

たとえば、二週間前の紅白試合である。剣司のタックルによってこうむった竜太のケガは、偶然《ぐうぜん》の事故《じこ》か、意図的《いとてき》に引き起こされたものか……。島野先生には、わかっていた。タックルのねらいがどこにあったのか――その真《しん》相《そう》を、島野先生はひそかにつかんでいたのだ。

あのとき島野先生は、剣司の走る姿をじっと見つめていた。ボールのゆくえでなく、剣司の動きを、島野先生はなかば驚《おどろ》きのまなざしで追っていたのだ。竜太がシュートの体勢《たいせい》に入る。そこへ剣司が猛然《もうぜん》とすべりこむ――。だが、そのタックルの直前に、剣司がとった〝ある動作《どうさ》〟を島野先生は見逃《みのが》さなかった。

試合が終わったあと、島野先生はその点を指摘《してき》しようとした。だが、思いとどまったのである。

ここでいえば、剣司の非《ひ》を明らかにすることができる。しかし、そのことで、剣司という一個の人間を、変えることができるかどうか。かえって、かたくなになり、反発《はんぱつ》し、心を閉《と》ざしてしまう結果になるのではないか……。

といって、あのようなプレーを見過《みす》ごしておくわけにはいかない。ならば、どうしたらいいだろう。どのように彼の心を揺さぶればよいのだろう。

そこで島野先生は、持久戦法《じきゅうせんぽう》でいくことを決めた。時間をかけて、剣司みずからが目覚《めざ》める方向へ、力を注《そそ》いでいくことにしたのである。

彼らの年代は、抑《おさ》えつけてもかえって逆効果《ぎゃくこうか》になるだけだ。ほとばしるエネルギーをふさいでしまうのではなく、それを正しい水路《すいろ》へと導《みちび》いてやることが大切だろう――。それは島野先生にとっても、根気《こんき》のいる戦いであった。

けれども、その努力が早くも効果を表《あらわ》してきたことに、島野先生は気づき始めていた。

剣司のきょうの試合ぶりにしてもそうである。何かが剣司の身に訪《おとず》れつつある。

まず、以前のがむしゃらな気性《きしょう》が、どことなく影《かげ》をひそめてしまった。燃《も》え立つようなファイトが見られない。プレーもどこか、うわの空だ。

剣司は迷《まよ》い始めている。自分を見つめ始めている。いままでの自分でよいのかどうか、悩《なや》み出している。

プレーに精彩《せいさい》がなかったのも、竜太との一件《いっけん》が心に重くよどんでいるからにちがいない。剣司は、今揺らいでいるのだ。

迷うがよい。悩むがよい。それは、新たな自己へと脱皮《だっぴ》するきざしなのだ。

激しい気性がなくなったとはいっても、彼の心のエネルギーがかれてしまったわけではない。それは彼の胸の奥に、たしかにふつふつとたぎっている。

あきれ返る一幕《ひとまく》だったが、退場処分となったいざこざは、それを何よりもよく物語っているだろう。剣司の燃え立つエネルギーは健在《けんざい》だ。ただそれは、出口《でぐち》を求めてさまよっているにすぎない。

竜太との出来事にしても、きょうの退場事件にしても、いま剣司の心には、かすかな後悔の念が押し寄せているはずだ。

彼の心のドラマは、どのような決着《けっちゃく》をみせるか。竜太へのタックルの直前に、剣司がとった〝あの動作〟についても、やがては明らかにしなければならない。そして島野先生は、その時期がそれほど遠くないことを、うすうす感ずるのであった。

「……だからこれは、剣司ばかりの問題じゃない。君たちは、君たちのなかに吹き荒れるエネルギーを、うまくコントロールする方法を身につけなくてはならないんだ。スポーツというのは、そのための格好《かっこう》の訓練《くんれん》の場だ——とぼくはいつも思っている。中学生になったら、何かスポーツを——とぼくがいうのも、そのためなんだ」

島野先生が、腕時計《うでどけい》をちらりと見た。下校の時間が近づいている。そろそろ切りあげなければいけない。

「とにかく——自分で自分の心をリードできる人間になることが大事だ。怒りの心や落胆《らくたん》の気持ちに振りまわされるんじゃなく、ふらふらしない堂々たる自分を築《きず》きあげるんだ。それには、どうしたらいいか。ごまかしや要領《ようりょう》を使ったりするんじゃなく、正直《しょうじき》に、素直に、日々瞬間を歩み抜《ぬ》いていくこと——これしかない。そこに、天空にそびえる富士《ふじ》のような揺るがない自分もできあがる」

夕闇《ゆうやみ》がせまっていた。いつの間にか、空は厚い雲におおわれている。あしたは天気が悪くなりそうだ。

「きょうは、ちょっと遅くなってしまったな。よし、解散《かいさん》だ。新しい気持ちで、あすからまた出直《でなお》そう！」

立ち上がった剣司は、急に空腹《くうふく》を覚えた。

島野先生の言葉が、なぜか頭のなかをぐるぐるまわっている。

——正直に……素直に……か。まるで、竜太にぴったりだな。

そう思うと、剣司の胸には、一日も早く良くなってほしい、という竜太への気持ちがこみあげてきた……。


一時限目は歴史《れきし》の授業だ。教室の入り口の外側で、島野先生が始業ベルを待ちながら、その場でランニングをしている。

教室のなかには入ってこない。始まる一、二分前にやってきて、いつも先生はベルが鳴るのを、そうやって待ちかまえているのである。

初めは、変わった先生だな、とみんな思った。けれども最近は、生徒もなれっこになってしまって、首をすくめながら先生のわきをすり抜け、ぎりぎりの時間に駆けこんでくる者もいる。

ベルが鳴った——。

島野先生がランニングのままの姿勢で、教室に入ってくる。

「諸君、おはよう！」

その格好を見て、女子生徒の何人かが、くすくすとしのび笑いをもらした。

開口一番《かいこういちばん》、島野先生が叫んだ。

「大変だ、みんな！　一大ニュースだ！」

目をまん丸くして、いっせいに生徒が島野先生を見つめる。

「じつは今度、この学校に、イギリスの中学生たちがやってくることになった。親善訪問《しんぜんほうもん》だ——」

M中学のあるこの東京近郊の市は、イギリスの一都市と姉妹交流《しまいこうりゅう》を結んでいる。その関係で、そこにあるパブリック・スクールが、一週間後にこの中学を訪れることになったのである。

「君たち、英語は大丈夫か——」

島野先生がほほえみながら、あごをさすった。

生徒の一人が首をかしげる。

「そうか……英語をしゃべるのか」

「あたりまえじゃない。イギリス人だもん」

笑いと歓声《かんせい》が、教室にこだました。

「あいさつぐらいは、しっかりいえるように覚えておいたほうがいいな」

「先生はどうなんですか、英語？」

「君たち、みくびっちゃ困るなあ。英語はいまや、国際人《こくさいじん》の常識《じょうしき》ですよ」

「楽しみだな。先生の英語、通じるかどうか……」

教室に、また一段と大きな笑いが響きわたった。

「それから——しかもだな、授業参観《さんかん》のあと、午後からここのサッカー部と親善試合をすることになった」

教室の空気が、一気に盛り上がった。

「おー！　負けられないぜ」

「どんな試合になるのか……わくわくするわね」

「よーし、しっかり応援しなくちゃ」

「みっともない試合だけはやめてよね」

バレーボール部の花岡咲子《はなおかさきこ》である。咲子はいつもこんなふうに、お母さんのような口をきく。

「あーあ、竜太君が出れたらなあ。あと一週間じゃ、その足、治《なお》らないでしょ。大幅《おおはば》な戦力低下ね」

剣司にとっては、カチンとくる言葉だ。

「いいよ、その分、おれ頑張《がんば》るから……」

「二人分の活躍してくれなくちゃ、困るわよ」

「大丈夫《だいじょうぶ》だよ。剣司なら！」

竜太が振り向きながら、にこやかな笑顔を見せた。

「親善試合なんだから、勝ち負けなんかにこだわらないで、楽しくやればいいんじゃないかしら……」

だれかの声に、咲子がひとみを丸くして、身を乗り出した。

「だめよ、そんなの！　全力を出して戦うのよ。手かげんなんかしたら、かえって相手に失礼《しつれい》だわ」

「ぼくも、そう思う。最後の最後まで真剣に戦いあってこそ、ほんとうに仲良くなれるんじゃないかな」

竜太の意見に、クラスの何人かがうなずいた。

戦いとは、不思議なものだ。互いに傷つけあう戦いもあれば、互いに生かしあう戦いもある。分裂《ぶんれつ》をもたらす戦いもあれば、結びつきをはぐくむ戦いもある。

子どもたちは、よくケンカをする。けれども、〝ケンカ〟と〝いじめ〟とはちがう。ケンカをした者同士が、かえって仲良くなることがあるではないか。

ケンカにもルールがある。彼らにとっては、スポーツのようなものであったかもしれない。

相手との全魂《ぜんこん》をこめた戦い、真剣な戦い、虚飾《きょしょく》をとり払った人間と人間のぶつかりあい——スポーツにかぎらず、何事にあっても、そのとき人は初めて「人間」と出会うことができるのだ。そこに、真実の友情も芽生《めば》えるのだ。

「咲子や竜太のいう通りだ――とぼくも思う。遠慮はいらない。サッカー部のメンバーは、自分の力を最大限に発揮《はっき》して、パブリック・スクールの生徒と戦ってほしい。そうしなければ、ほんとうの自分を相手にわからせることもできないし、相手のほんとうの姿も見えてこないだろう。そこには、真実の心のふれあいもありえない――」

「先生！」

いちばん前にすわっている生徒が手をあげた。

「パブリック・スクールって、どんな学校なんですか」

「いい質問だ。パブリック・スクールとは、イギリスの伝統的な私立の中等学校のことをいう――」

多くは寄宿制《きしゅくせい》で、勉学はもとより、寮《りょう》生活とスポーツのなかで、精神と肉体を鍛《きた》えはぐくむ。大英帝国《だいえいていこく》を支《ささ》えた人材も、ここで育成されたといわれる。

ワーテルローの戦いで、かのナポレオンを敗走させた、イギリスのウェリントン将軍が「この勝利は、イートン校（パブリック・スクールの一つ）の校庭で準備された」と語った言葉は、あまりにも有名である。

「勝てるかな。何だか強そうだけど……。おまけに、サッカーっていえば、あっちが本場でしょ……」

「そうだ。イギリスのイングランド地方が発祥地《はっしょうち》になっている。よし、それでは、サッカーの歴史も一つ――」

どうやらきょうの授業は、はじめから〝脱線《だっせん》〟している。本線には戻りそうもない。

サッカーというのは、十九世紀に統一ルールが定められてからの呼び名である。それまではフットボールといった。もっとも、いまでもこの名はよく使う。

イングランドにおけるフットボールの歴史は古い。十四世紀にはしばしばフットボール禁止令が出されているから、それ以前から盛《さか》んに行われていたことが推測《すいそく》される。

どうして禁止令が出されたのか。というのも、当時のフットボールは、まことにすさまじいものだったからである。

なんと数キロもへだてたゴールをめざし、何百人という群衆《ぐんしゅう》が大喚声《だいかんせい》をあげながら、怒《ど》とうのようにいったりきたりする。

なぐりあいはする。ケガ人は続出する。畑は踏《ふ》み荒《あ》らされる。商店は壊《こわ》される。窓は破《やぶ》られる……。それは、あきれ返るほどの騒《さわ》ぎであったようだ。

スポーツというより、一つのお祭りであったといってよい。しかし、被害《ひがい》がばかにならない。そこで、何回となく、禁止令が出たのであった。

十九世紀になると、フットボールは、パブリック・スクールの教育システムのなかにも取り入れられた。卒業生たちは社会に出ても、フットボールを愛好《あいこう》した。しかし、学校ごとにルールがばらばらだったので、自由な交流試合ができない。そこで一八六三年、統一ルールが制定《せいてい》されるようになった。

サッカーは大英帝国の発展とともに、世界へと広まった。今日、サッカーは、多くの国の人々に親しまれ、〝スポーツの王様〟とか、〝世界のスポーツ〟といわれている。

「ところで、君たちは、『チップス先生さようなら』という本を知っているか。ジェイムズ・ヒルトンの作品だが、読んだことのある人！」

いつものように、島野先生がまっすぐ手をあげながら、みんなの顔を見まわした。

三人の手があがった。花岡咲子と、風間《かざま》竜太と、そしてもう一人は夏井《なつい》リエという生徒である。

「ほお！　三人もいるのか。このクラスは感心だなあ――。じゃあ、感想でも内容でも、簡単でいいから、ひとことずつしゃべってくれないかな。どうだった、あの本を読んで――。まず、咲子から聞こうか」

「うーん……。あんまりよく覚えていないんですけど、たしか、イギリスの学校が舞台で……」

「そう、舞台はブルックフィールドという名のパブリック・スクールだ――」

「それで……チップス先生というのはそこの教師で、生徒たちの思い出話などが書かれている小説なんです」

「たとえば？」

「あっ！　そういえば、サッカーの話も、ちょっと出てきました――」

ブルックフィールドのチームが、貧民街《ひんみんがい》の少年たちを招《まね》いてサッカーの試合をすることになった。上流階級《じょうりゅうかいきゅう》の子弟《してい》が集まるこの学校では、初めてのことだった。

それを実現させたのは、チップス先生の妻キャサリンである。貧民街の少年などはゴロツキに決まっている、きっとひと騒動《そうどう》もちあがるにちがいない――という反対をおしきっての試《こころ》みであった。

少年たちは、ある土曜の午後、ブルックフィールドにやってきて、サッカーの試合を楽しんだ。そのあと、大食堂で肉料理つきのお茶をともにし、学校を見物した。試合は五対七で負けたけれども、貧民街の少年たちにとっては、忘れられない思い出のひとときとなった……。

「チップス先生の奥さんは、自分の主張はどこまでも貫《つらぬ》いて、しかも心はとても優《やさ》しい――と思いました」

だれかが、つぶやいた。

「咲子も、半分だけ似てるな……」

「それ、どういう意味！」

島野先生がにこにこしながら、教壇《きょうだん》の前をいったりきたりしている。

「じゃあ、今度は夏井リエに話してもらおうか」

「はい。チップス先生は……かわいそうだなと思います。だって、自分の教えた生徒たちが、戦争で次々と亡《な》くなってしまうんですから……」

作品の時代背景は、十九世紀の終わりから二十世紀のはじめにかけてである。大英帝国は、世界のあちこちで戦争をしていた。大英帝国ばかりではない。ヨーロッパ中に、世界中に、いつも戦争の火種《ひだね》がつきなかった。そのなかで、多くの若者が死んでいった。

スエズ運河《うんが》問題にからむ反乱《はんらん》の鎮圧《ちんあつ》、露土《ろと》戦争への干渉《かんしょう》、南アフリカで起きたブール戦争、アイルランドの内乱、そしてヨーロッパ中を戦火にまきこんだ第一次世界大戦……。

チップス先生の教え子も、それら数多くの戦争で命を落とした。とくに、第一次大戦の時期は悲惨《ひさん》であった。

毎週日曜の晩《ばん》には、戦死した生徒の名が読みあげられる。それが、あるときには二十三名にも達した。

いちばん体《からだ》つきの小さかった生徒も、フランス北部のキャムブレエ上空で撃《う》ち落とされた。サッカーの試合にやってきた貧民街の少年の一人も、ベルギーの激戦地《げきせんち》パッシェンデールで戦死した。

チップス先生の脳裏《のうり》には、これまで教えてきた何千人という生徒の顔と名前が浮かびあがってはなれない。若くしてこの世を去った子どもたちを思うとき、チップス先生はどんな気持ちになっただろう。

「なるほど……。たしかに、そうだな……。戦争というのは、若い命を犠牲《ぎせい》にする。たくさんの市民もまきこむ。それだけではない。残された者の胸にも、一生消えない悲しみをきざみつける。戦争だけは、起こしてはならないね」

もう梅雨《つゆ》に入ったのだろうか。雨は小止《こや》みなく降り続いている。放課後の練習は中止になりそうだ。となれば、きょうもまたサッカー部の全員で、ワールドカップの試合をビデオ教室で見ることになるかもしれない……と竜太は感じた。

次は竜太の番だった。『チップス先生さようなら』の感想を、何か語らなくてはならない。

サッカーだけでなく、竜太は読書も好きだった。家庭環境が幸《さいわ》いしたのかもしれない。家には、本がたくさんあった。

父の本だなには、いろいろな本が並んでいる。文学もあった。哲学《てつがく》や思想《しそう》の本もあった。自然科学の図書もあった。ミステリーもあった。

竜太は三人兄弟である。大学一年の兄と高校二年の姉の本箱にも、面白《おもしろ》そうな書物がいっぱいある。

兄は、大学でラグビー部に入っている。それだけに、ラグビー関係の本がわりと多い。「お前、大学に入ったら、ラグビーやれ」と兄はかならずけしかける。しかし竜太は、ラグビーも面白そうだけど、やっぱりサッカーがいいや、と思うのだった。

一方の姉の本箱には、SF小説やファンタジーがそろっている。将来は、この手の作家になるつもりらしい。「私みたいなAB型の血液の人間って、SF作家に向いているのよね」と得意そうにいう。根拠《こんきょ》は、よくわからない。

母の場合は、読書といっても、推理小説専門《すいりしょうせつせんもん》である。父の本だなから、あれこれ品定《しなさだ》めをしては一冊持ってきて、それに読みふけっている。「うーん、犯人《はんにん》はひょっとして、この人じゃないかなあー」としばしばつぶやく。そばにいる父が「甘《あま》いな」とやり返す。

『チップス先生さようなら』も、父の本だなから引き出してきたものだった。文《ぶん》庫判《こばん》の薄《うす》い本である。百ページちょっとしかない、これならすぐ読めそうだと思って手に取ったのだが、けっこう難《むずか》しいなと感じたところも何カ所かあった。

しかし、花岡咲子や夏井リエの感想を聞いたり、先生の話に耳を傾けているうち、竜太は作品のイメージがあらためて鮮明《せんめい》になってくるのを覚えた。

「最後は……竜太だな。あ、すわったままでいい」

島野先生が竜太の足を気づかって、そっとうなずいた。

「心に残っているところはいくつかあるんですが、ぼくはドイツ人の先生が戦死した話を取りあげたいと思います。印象《いんしょう》深かったものですから――」

ブルックフィールドには、シュテーフェルというドイツ人の教師がいた。みんなから親しまれ、友人もたくさんいた。

その教師がドイツに帰国しているとき、戦争が起きた。彼は祖国《そこく》のために戦い、そして西部戦線《せいぶせんせん》で戦死した。

毎週の戦死者名簿《めいぼ》を読みあげるとき、チップス先生は、彼のために哀悼《あいとう》の意を表《ひょう》した。敵国人《てきこくじん》として死んだにもかかわらず……。

竜太の発表のあとで、島野先生がつけ加えた。

この作品のなかのエピソードではないけれど、第二次世界大戦のときにも似たようなことがあったのだ。あの残酷《ざんこく》な戦争が終わってから、イギリスのオックスフォード大学に記念碑《きねんひ》が建てられた。戦没者《せんぼつしゃ》学生の名を刻《きざ》んだ石碑《せきひ》である。そこには、イギリス人学生とともに、ドイツ人留学生の名も刻まれていたという。

「竜太は、とてもいい話を取りあげてくれた。さあ、こういった話を聞いて、君たちはどう思う。どうしてイギリス人は、さんざん戦争で苦しめられたドイツ人の名前を、同じようにあつかったのだろう。剣司、どうだ」

「敵としてではなくて……同じ人間として……相手を見たからだ……と思います」

「そうだな。そういう心を何という、たとえばスポーツの世界の言葉を使えば——」

「…………」

「うらみだとか復しゅうなんかにまみれた心ではなくて、どこまでも相手を自分と同じ人間として対等《たいとう》にあつかおうとする、とてもさわやかな透《す》き通った心だよね。反則《はんそく》なんかやりそうもない、きれいな心のことだ」

「……フェアプレーですか」

「その通り！　あの悲惨な時代のさなかにあっても、彼らはフェアプレーの精神《せいしん》を失わなかった、というわけだ」

「先生！」

剣司が真剣なまなざしになった。

「どうしても、よくわからないことが一つあるんです」

「なんだ。いってみろ」

「スポーツも戦いだし、戦争も戦いですけど、戦いというのは、いいんですか、悪いんですか――」

「うん、これは大きな問題だな。まずスポーツについてだけど、結論《けつろん》からいえば、スポーツという戦いは、その戦い方によって良くも悪くもなる――と思う。つまり、フェアな心があるかどうかで決まるんだ」

「………」

「戦いは、あくまでも対等で、正々堂々《せいせいどうどう》とわたりあわなければならない。そのためにルールがある。不正行為《ふせいこうい》というのは、自分だけが有利《ゆうり》な立場《たちば》に立とうとするきたないプレーだ」

島野先生が手を後ろに組んで、机のあいだを歩き出した。

「たとえば、まもなく中間テストがあるけれど、カンニングは絶対《ぜったい》いかんぞ」

島野先生が、とてもこわい顔になった。

「カンニングなんて、たいしたことじゃない――と思ってる者がいるかもしれないが、しかしぼくは許さん。アンフェアなずるい行為だからだ」

いつにない迫力《はくりょく》だった。みんなは息をひそめて、島野先生の表情を見つめている。

「フェアな心で、全力を出して戦う――そのとき人は、肉体的にも精神的にも、自分の持っている可能性《かのうせい》を最大限に発揮し磨《みが》くことができる。逆に、ごまかしてうまくいったとしても、それは何より自分自身のためにならない。その味を覚えてしまって、真剣に自分を磨こうという気が起こらなくなってしまうからだ。不正行為は、他人をごまかすだけではない。何より自分をあざむいてしまうのだ」

君よ！　他人に対して正直であるばかりでなく、自分自身に対して正直であれ。

フェアな心とは、こうした正直な生き方をいうのだ。

そのなかに、他者との真実のふれあいがはぐくまれる。人間関係のわずらわしさから逃げるのでもなく、いつわりの親しさでとりつくろうのでもなく、ほんとうの自分をさらけ出してぶつかっていけ。

文字通り、それは戦いである。しかし、その他者との格闘《かくとう》と触発《しょくはつ》のうちに、真実の心と心が共鳴《きょうめい》しあうのだ。そこに、揺るぎない友情の絆《きずな》が築かれるのだ。

「その意味で――戦争とは、各人がフェアな戦いを忘れたためにいきつくところの究極的《きゅうきょくてき》な悲劇なのだ。一人ひとりが、他人をあざむかず、自分に正直に、どんなときにもフェアな心を失わずに生きることが、じつは平和を築く最大の力なのだ。ぼくはこんなふうに思うんだけど、どうだろう――」

歴史の時間は、ついに〝脱線〟したままで終わった。

竜太は、新学期が始まって最初の歴史の時間に、島野先生がいったことを思い出していた。

――君たちは、歴史の授業をそれほど大切には思っていないだろう。だいたい、数学や英語などに、力を注いでいるだろう。それはまちがいではない。

しかし、そのあまり、歴史なんかどうでもいいやというのは、とんでもない勘違《かんちが》いなんだ。

そもそも昔は、学問をするといえば、歴史を学ぶことだったのだ。荻生徂徠《おぎゅうそらい》という江戸時代の学者は「学問は歴史に極《きわ》まり候《そうろう》」とまでいっている。人間社会の移りかわりはどうであったか。民族はどのように興隆《こうりゅう》し、どのように滅亡《めつぼう》していったか。現在を、そして未来を生きるために、人々は過去の歴史を真剣に学んだのだ。東洋《とうよう》でも西洋《せいよう》でも、この事情《じじょう》は変わらなかったといってよい。

大人《おとな》になって社会に出たとき、君たちはあらためて、歴史という学問の大切さを痛感《つうかん》するだろう。

もちろん仕事によって、生きてくる学問はちがう。エンジニアになれば数学や理科はおろそかにできないだろうし、海外でのビジネスには英語が欠《か》かせない。しかし、歴史を学ぶということは、人間を学ぶことであり、人間の生き方を習うことになるんだ。歴史という学問を軽くみてはいけない……。

島野先生の授業は、教科書に書いてあることをそのまま教えるやり方ではない。どちらかといえば〝脱線〟の連続で、あっちへとんだりこっちへきたりする。

この日もそうだった。竜太は、島野先生の話をいろいろ思い浮かべながら、心に確かな手応《てごた》えをもって何かが残るのを感じていた。

何だか心が落ち着かない――どういうわけなんだろう。なぜ、こんなに息苦しいのだろう……。

剣司には、わかっていた――黒雲《くろくも》がかぶさってくるような、このいやな気分が、あの紅白試合での竜太との一件から始まったことを。それが時を経《へ》るにしたがって、ますます大きくふくらんでくる。

初めは、小さなしこりであった。これは気のせいだと、自分で打ち消《け》すこともできた。ところが、日がたつにつれ、だんだんとふくらみ、もはやごまかすことのできないほど大きなものとして剣司にのしかかってきた。

大声で笑っても、心のすみではそのしこりの存在《そんざい》を意識《いしき》している。うれしいことがあっても、素直に喜べない。そんな自分を、剣司はどうすることもできなかった。

剣司は、あせっていた。早く自分の心をすっきりさせるのだ。そうしなければ、自分のほんとうの力が出せそうもない。

一週間後には、パブリック・スクールの少年たちとの試合をひかえている。それまでには、何としても、もとの自分を取り戻さねばならない。

そのためには、何をしなければならないか――それも剣司には、よくわかっていた。

竜太だ！　竜太に、あのときのことを、正直に、包みかくさず打ち明けるのだ……。そして……そして……。

これまでにも何度か、そのように思い立ったことがある。しかし、なかなかきっかけがつかめず、うやむやになってしまった。

だが今度こそ、きちんと竜太に謝《あやま》らなければいけない。しかし、いつ……どこで……どんなふうに……。

その日の最後の授業が終わるまで、剣司はひたすらそのことを思い悩んで、勉強にもほとんど身が入らなかった。

（三）

一週間は、またたくうちに過ぎた。

毎日のトレーニングにも、いつになく力が入った。サッカー部の全部員が、朝と放課後《ほうかご》の練習に真剣な汗《あせ》を流した。

生徒会の役員も、いろいろな準備に余念《よねん》がなかった。歓迎《かんげい》のたれ幕《まく》を作ったり、英語の先生に手伝ってもらってスピーチの草案《そうあん》をまとめたりした。

その日がやってきた——。

M中学を訪《おとず》れたパブリック・スクールの男子生徒二十五人は、何グループかに分かれて初めに授業参観《さんかん》をした。

竜太《りゅうた》や剣司《けんじ》たちの教室にやってきた二人のイギリス少年は、そばかすだらけの顔に笑《え》みをたたえて自己紹介をすると、自分たちの学校のペナントを配《くば》った。

ところが、それが十枚しかなかったので、教室はたちまちジャンケン合戦《がっせん》の会場となった。イギリスの少年たちが、それをめずらしそうにながめている。

花岡咲子《はなおかさきこ》が気づいて、彼らにジャンケンを教えた。

「これがグーで、これがチョキで、これがパー。それでね……」

グー・イズ・ストーン（?）などと、ほおをまっかに染《そ》めながら、身振り手振りで説明している。彼らもわかったのか、うれしそうにうなずいて盛《さか》んに何かしゃべっている。

「この人たち、さすがに英語がうまいわね。うますぎて、あたし全然、わかんないや」

咲子がはにかみながら悪戦苦闘《あくせんくとう》する姿《すがた》に、クラスは大笑いとなった。

それぞれの教室で、給食をともにして、しばし休憩《きゅうけい》したあとは、いよいよサッカーの試合である。

グラウンドのまわりには、全校生徒がつめかけた。生徒は二手に分かれて、両方のチームを公平に応援《おうえん》することになっている。色とりどりの旗《はた》やのぼりが、そよ風にはためいてにぎやかだ。

パブリック・スクールの選手たちが、赤と白の横じまのユニホームに身を包《つつ》んで登場した。歓声《かんせい》と拍手《はくしゅ》が、青空にこだまする。きのう降《ふ》った雨は、幸い夜のうちにやみ、きょうは朝から雲一つない晴天である。

フィールドに入ると、彼らはさっそく軽いウオーミングアップを始めた。

その姿をながめながら、剣司は気持ちの定まらない自分を感じていた。この一週間、ついに竜太に打ち明けることができなかったからだ。

剣司は、自分にあいそがつきていた。自分で自分が腹立《はらだ》たしかった。なかば投げやりな気分にもなっていた。

しかし、もうそんなことを考えているひまはない。試合は、いよいよ始まるのだ。いつもの青いユニホームに目を落としながら、剣司は懸命《けんめい》に自分を奮《ふる》い立たせようとしていた。

島野《しまの》先生がきのうのミーティングで訴《うった》えたことを、剣司は覚《おぼ》えている。

――いいか、みんな。相手チームの実力は、まったくわからない。君たちと同じ年齢《ねんれい》だけど、出場する選手たちはみな一軍の精鋭《せいえい》メンバーであるということだ。君たちも知っている通り、イングランドのサッカーといえば、世界のなかでも、トップクラスにある。パブリック・スクールの生徒といえども、やはり相当のレベルにあると覚悟《かくご》してかからなければならない。

そこで作戦だが……。

その言葉に、みんなは身を乗り出して聞き耳を立てた。

――作戦はまったくない！　全魂《ぜんこん》の力を出しきって、ぶつかるだけだ。小手先《こてさき》の作戦はなしだ。相手がどういうチームなのか、まったく情報がないのだから、作戦の立てようがない。

相手の出方《でかた》を見ようなどという、しゃれっ気《け》は出すなよ。そんなことをしてたら、ずるずると押しきられるぞ。初めから自分たちの実力を出しきっていけ。これまで練習してきたプレーを、そのまま全員がぶつけようじゃないか。いいな！

パブリック・スクールの選手たちが、ベンチへと引き返していく。銀髪《ぎんぱつ》ゆたかな初老《しょろう》の監督《かんとく》が、選手たちに何か語りかけている。

試合開始の予定時刻《よていじこく》まで、あとわずかだ。

やがて赤と白の鮮《あざ》やかなユニホームがベンチ前に横一列となって並んだ。フィールドに向かって、じっと頭をたれている。

「何やってんだ……」

「考えごとでも、してるのかな」

「ああ！　あれは祈ってるんだよ。きっと、そうだ！」

「へー。試合やる前に、お祈りするのか。なるほど……」

キャプテンの海野湧一《うみのゆういち》が、腕組《うでぐ》みをしたまま全員を見まわした。

「よし！　じゃあ、こっちは、気合《きあい》を入れて円陣《えんじん》組もうぜ！」

「おうっ！」

剣司たちM中のイレブンが、フィールドへと躍《おど》り出る。観客《かんきゃく》のひときわ高い喚声《かんせい》が、早くも初夏の日差《ひざ》しを思わせる輝《かがや》く空へと抜《ぬ》けていく。雰囲気《ふんいき》がぐんと盛り上がってきた。

M中の選手が、肩《かた》を組み腰《こし》を落として円陣を作った。そして「オー！」と元気に叫《さけ》び、小走りにフィールド中央へ向かった。

その様子を、パブリック・スクールの選手たちは、興味深《きょうみ》そうに見つめていた。敵味方《てきみかた》とも、それぞれのポジションについた。いつものようにセンターフォワードは、キャプテンの海野湧一である。その右手にライトウイングの剣司がいる。

こちらのキックオフで、試合開始だ。さきほどのコイン投げで、相手チームは陣地《じんち》を選んだ。

海野が右足をボールの上に乗せながら、相手の陣形《じんけい》をじっと観察している。ゴールキーパーを別とすれば、フルバック四人、ハーフバック四人、フォワード二人……。4―4―2のツートップシステムだ。

一九六六年のワールドカップで優勝したイングランドの陣形と同じである。どちらかといえば守備《しゅび》に重点を置《お》いたかたちだが、そう思って油断《ゆだん》していると、ハーフバックやフルバックが攻撃《こうげき》のためにせりあがってくる。このシステムを使うチームが、日本でも最近また増えてきた。

それに対して、こちらは4—3—3のいま主流のシステムだ。それぞれの役割分《やくわりぶん》担《たん》はいちおう決《き》まっているが、全員攻撃・全員守備をねらいとする流動的《りゅうどうてき》なかたちである。

主審《しゅしん》が笛《ふえ》を口元《くちもと》へ運《はこ》んだ。その瞬間《しゅんかん》、フィールドに散《ち》っていた相手チームの十一人の選手たちのあいだに、目に見えない何かが走った。まるで、闘志《とうし》と緊張《きんちょう》の糸が、瞬時《しゅんじ》に張りめぐらされたかのようだ。

場内は、水を打ったように静かになった。

笛が鳴った——。

さあ、戦《たたか》いの始まりだ。

海野が、左側にいるレフトウイングの立石《たていし》に、ゆるいパスを送る。立石はすぐに、センターハーフの中村にボールをまわす。中村はすばやく出てきた敵の一人をかわすと、ふたたびパスを立石へ返した。

ボールにつられて、相手の選手がそちらのほうへだんだんと引き寄せられていく。味方の動きが、突然速《はや》くなった。立石が猛《もう》スピードで、敵の陣地にドリブルで走りこむ。敵もいっせいに、阻止《そし》しようと進路をふさぐ。

そのとき剣司は、がら空《あ》きになった逆《ぎゃく》サイドを、敵のゴールめがけて猛然《もうぜん》と突《つ》っ走《ぱし》っていた――。

いつも練習している攻撃パターンの一つである。最初はゆっくりしたパスを、もっぱら片方のサイドだけでやりとりする。パスにつれて敵が近づき、そのため逆サイドにはオープン・スペースが生ずる。

次の一瞬《いっしゅん》、味方は急激《きゅうげき》に速い動きに入る。敵は、この突然のリズムの変化にとまどう。そのスキをついて、ボールを今度は逆サイドへまわし、敵の守備ラインを突《とっ》破《ぱ》する……。

剣司の目に、敵のキーパーがひざを曲《ま》げて身構《みがま》えるのが見えた。

チラリと視線《しせん》を左方向へ泳《およ》がすと、ボールがちょうど自分の前方に飛《と》んでくるのがわかった。立石の放《はな》った絶好《ぜっこう》のロングパスだ。

敵のゴール前には、キーパーしかいない。よし、一対一の勝負《しょうぶ》になる。願ってもないチャンスだ。

ボールの飛来《ひらい》する角度にあわせて、タイミングをはかると、剣司は思いきり左足を振《ふ》った。ボレー・シュートだ。

剣司のキックは、ボールの真《ま》っ芯《しん》をとらえた。キーパーが横に跳《と》んでおさえようとするグラブのはるか先を抜いて、ボールがネットを揺《ゆ》るがした。

観客の歓声と主審の笛が、同時に響《ひび》いた。

「オフサイド!」

そのとたん、剣司の胸《むね》に「しまった!」という思いがこみあげた。反則《はんそく》だ。敵のオフサイド・トラップに、まんまとひっかかってしまったのだ。

サッカーにはオフサイドというルールがある。攻撃側《がわ》の選手は、自分とゴールとのあいだに敵の選手(キーパーも含《ふく》む)が一人しかいない地点では、ボールを受けてはいけないのである。つまりこれは、待ちぶせを禁止《きんし》したルールであるといってよい。

このルールを利用すれば、逆に守備側には一つの作戦が生まれる。ゴール前の位置で攻撃側のプレーヤーがボールを受けようとした瞬間、守備側のバックスがいっせいに前進してディフェンス・ラインを引きあげてしまえば、そのプレーヤーはゴール前に一人取り残される結果となり、その位置でのプレーはオフサイドの反則を犯《おか》してしまうことになるからだ。

そのわなに、剣司はうまくはまってしまったのである。

――そうだったのか。どうりで、おかしいと思った。あまりにも簡単に相手の守備が突破できたので、ひょうし抜けしたような気分になったけれど、ちがうんだ。これは敵の作戦だったのだ。相手はオフサイド・トラップという技《わざ》も、きちんと身につけている。これは簡単にはいかないぞ。

観客の歓声は、ため息《いき》に変わった……。

実力は、まったく伯仲《はくちゅう》していた。スピードも技術《ぎじゅつ》も、ほとんど互角《ごかく》のようだ。しのぎをけずる攻防《こうぼう》が繰《く》り返された。

均衡《きんこう》は、三十分ハーフの前半十六分に破れた。背番号7のセンターハーフの長身の選手が、速攻《そっこう》の縦《たて》パスをうまくつないで、みずからゴールの右すみに角度のあるシュートを決めた。

しかし、M中も気落ちすることなく、果敢《かかん》に攻《せ》め続けた。

前半終了まぎわの二十六分、キャプテンの海野は、敵のしかけてきたオフサイド・トラップを今度はたくみに外《はず》してシュートにもちこみ、相手キーパーの足元《あしもと》をゴロで抜いた。

一対一の同点《どうてん》である。試合は、ふりだしに戻った。

観客はもちろん、両軍のベンチも総立《そうだ》ちである。声をかぎりに、みな口々に叫んでいる。手を振《ふ》り、足を踏《ふ》み鳴《な》らしながら、懸命に応援している。

敵のけったボールが、タッチラインを割《わ》った。スローインをするために、剣司がフィールドの外で線審《せんしん》からボールを受けとる。味方ベンチの近くであった。

そのときである——。

剣司は、喚声のなかに一つの声をはっきりと聞いた。その声は、騒然《そうぜん》とした周囲の空気を貫《つらぬ》いて、彼の耳へとまっすぐに届《とど》いてくる。

「剣司！　頑張れ。剣司！　頑張れ——」

声の主《ぬし》と、目と目があった。祈るようなまなざしで、仲間に肩をかかえられながら、竜太が必死に叫んでいる。

そのとたん、剣司の胸の中心で、何かが強く渦《うず》を巻《ま》いた。

――竜太が応援している。おれのために……。ケガをさせてしまって、この試合に出られなくなってしまった竜太が……おれのために……。おれのために！

こらえきれない思いが、あふれた。逆巻《さかま》く心の荒波とともに、すべてのためらいやとまどいが、こなごなに砕《くだ》け散《ち》っていく。


試合は同点でハーフタイムを迎《むか》えた。

ベンチへ戻ってきた選手たちに、一年生が水の入ったボトルを配る。別のメンバーは、キーパーのグラブにすべり止めのスプレーを吹《ふ》きつけている。

試合に出られない部員たちも、それぞれの役割《やくわり》をてきぱきとこなしている。あわただしくも貴重《きちょう》な五分間だ。

「みんな、聞け！　向こうの中心は、背番号7をつけた選手だ。強力なストライカーであるとともに、すぐれたゲームメーカーでもある。彼が試合を組み立てている——。だから海野！　あいつから目をはなすな。それに中村！　お前は、海野のプレーをしっかりフォローするんだ——」

島野先生が、てきぱきと指示《しじ》を出していく。一分一秒たりとも、むだにはできない。

「剣司！　剣司はいるか！」

「はい——」

足ばやに近づいた剣司の両肩《りょうかた》に、島野先生ががっしりと手を置くと、先生は彼のひとみを静かに見つめた。

「あと三十分だ。剣司、点を取れ。死にもの狂《ぐる》いで、点を取れ。竜太のために、渾身《こんしん》のシュートを決めろ——竜太のために！」


剣司は走った。夢中《むちゅう》で走った。

——竜太のために！

彼の胸にあるのは、もはやこの思いだけであった。

いいところを見せたいという願望《がんぼう》も、勝ちたいという執念《しゅうねん》も、いまの彼には無縁《むえん》であった。ファイトが、彼の五体《ごたい》を満《み》たしていた。

剣司は、自分のうちに竜太を感じた。一緒《いっしょ》に竜太が、いま走っている。竜太が、キックした。竜太が、ジャンプしている……。

おれは、この竜太のために戦おう。竜太のためにシュートするんだ。竜太のために、走って走って走り抜くんだ！

敵のガードは固《かた》かった。シュートを放っても、惜《お》しいところではばまれた。

敵の攻撃も激《はげ》しかった。バックスは自分の体を盾《たて》にして、必死にクリアを試《こころ》みる。

味方のキーパーは右に左に身を挺《てい》して、ゴールを懸命に守っている。

雨あがりのあとで、グラウンドはしっとりと湿《しめ》っている。いつしか選手のユニホームは、敵も味方も泥《どろ》だらけになった。

がっちり四つに組んでの攻防は、続いた。

しかし、何度目かのオープン攻撃で、センタリングにあがった球《たま》を海野が強引《ごういん》にシュートし、それをキーパーが前にはじく間に、今度は立石が押《お》しこみ、M中は待《たい》望《ぼう》の二点目をあげた。

だが、リードもつかの間《ま》だった。

がっちりマークされた敵の背番号7は、ねらいが自分に集中《しゅうちゅう》していることを知るや、たくみにアシストにまわって、仲間に絶好のパスを送り、同点にした。

一瞬の油断もできなかった。一歩リードすれば、敵もすぐに追いついてくる……。

剣司は心臓《しんぞう》がはち切れそうだった。体はへとへとになっている。それでも、走った。敵の選手に、しぶといほどにくらいついた。火の玉になって、ボールを追った。

時間は刻々《こっこく》と過《す》ぎていく。主審が笛をくわえながら、時計をながめている。

——ああ！　もう残り時間は、あと少ししかない……。だけど、それまでに、何としても……。

ボールがゴールラインを割った。よし、味方のコーナーキックだ。

中村がコーナー・エリアにボールを置いて後《あと》ずさりすると、慎重《しんちょう》に間合《まあ》いをはかっている。

たぶん、これが最後の攻撃になるだろう。時間がない。敵も味方も、力を使いはたしている。このチャンスをのがしたら、もうあとはないのだ。

剣司は、敵のゴールわきに身構えて、中村のセンタリングに備《そな》えた。剣司より背《せ》の高い選手が、ぴったりと寄りそってマークしてくる。

中村が右足を振り抜いた。ボールがゆるやかな弧《こ》を描《えが》いて、剣司の頭上へ飛んでくる。渾身《こんしん》のヘディング・シュートだ！

剣司は跳んだ――。残りの力のすべてを振りしぼって、大地をけった。

それにつれて、敵の選手も負けじとジャンプしてくる。

その瞬間、剣司の脳裏《のうり》に、一つの光景《こうけい》がよみがえった。ちょうど、これとまったく同じボールだった。そう、あのときおれは、こんなふうに跳びあがったのだ。そばには、竜太がいた。竜太は、おれよりも高く跳んで……。

紅白《こうはく》試合だった。ずいぶん昔のような気がする。一個のボールめがけて、おれと竜太は思いきり大空へとジャンプしたのだ――。

竜太！　おれに力を貸《か》してくれ！

力のかぎり伸《の》びあがった剣司のひとみに、青空が焼《や》きついた。雨あがりのあとの雲一つない、透《す》き通った大空だ。

剣司は見た――そこに、竜太の心を！　青く広がる澄《す》みわたった大きな心を！

そして剣司は……全身が青空に染《そ》まるのを感じた……。

次の瞬間、ボールをとらえたたしかな感触が、剣司の全身にあふれ返った。キーパーの指先をすり抜けて、ボールがネットへと吸い込まれていく。やったぞ竜太！

――と心の中で叫びながら、剣司はそのままフィールドへと倒《たお》れこんだ。

大歓声がわいていた。拍手が鳴りやまなかった。大小とりどりの旗が、打ち振られている。

しかし剣司には、何も聞こえなかった。何も見えなかった。

静かだった。渾身の力を出しきった剣司の心は、いまひっそりとした安《やす》らぎに包まれていた。

――もう動けない。風がほおにそよいでいる。ああ、なんていい気持ちだろう。

胸のなかに、竜太の笑顔《えがお》が浮《う》かんだ。キャプテンや仲間の顔も見えた。それに、熱戦《ねっせん》を繰り広げたパブリック・スクールの選手一人ひとりの姿も……。

なんてすばらしい仲間だろう。なんて頼《たの》もしい連中《れんちゅう》だろう。よかった。彼らと出

会えて、ほんとうに幸《しあわ》せだ。

そう思うと、剣司の心には、何ともいえないうれしさがこみあげてきた。

倒れたままの剣司に、相手のキーパーがグラブを外して、手を差し出した。剣司を引き起こすと、キーパーは彼の背中《せなか》を大きな手でポンとたたいてほほえんだ。

「ヘイ――。ガッツ・ボーイ！」

剣司の白い歯《は》が、きらめく陽光《ようこう》を受けて美しく輝いた。

戦いは終わった――。

歓迎親善会《かんげいしんぜんかい》は、学校の講堂《こうどう》で行われた。

力をつくして、熱闘《ねっとう》を展開した両軍の

選手はもちろん、全校の生徒や教師もこの場に集《つど》っている。

パブリック・スクールのサッカーチームの監督が演壇《えんだん》に立った。ゆたかな銀髪が波打《なみう》っている。がっしりした体格《たいかく》だ。通訳《つうやく》は英語の先生がやるらしい。

背筋《せすじ》をしゃんと伸ばすと、監督は白い眉《まゆ》を寄せ、悲しげな表情になって肩をすくめた。

「私は……困っているのです。十年後のワールドカップの大会に、このような日本の少年たちが出てくることになると、わがイングランドは大《おお》いに苦しめられることになるでしょう……」

会場に爆笑《ばくしょう》がわいた。銀髪の監督も、にこにこ笑っている。

試合は三対二でM中が勝った。最後のぎりぎりの瞬間に、剣司の放ったヘディング・シュートで勝ちとった奇跡《きせき》的な勝利であった。

「子どものころ――私の父が、よくこんな話をしてくれました。それは、清水善造《しみずぜんぞう》という一人の日本人の物語です。いまから、もう七十年近く前の出来事《できごと》ですから、日本にも記憶《きおく》されている方《かた》はあまりいないかもしれません……」

——一九二〇年のことである。ウィンブルドンのテニス大会に、初《はじ》めて一人の日本人が出場した。清水善造というその小柄《こがら》なプレーヤーは、大方《おおかた》の予想《よそう》を裏切《うらぎ》ってグングン勝ち進み、オールカマーズの決勝にまで進出《しんしゅつ》した。

ロンドンの市民は驚《おどろ》いた。極東《きょくとう》からきた小さな日本人が、並《な》みいる強豪《きょうごう》を次から次へと打ち破《やぶ》っていく。しかもマナーがさわやかだ。

清水の活躍を、ロンドンの新聞は競《きそ》って、書きたてた。評判《ひょうばん》はみるみるうちに高まり、人々は親しみをこめて、彼を「シミー」と呼《よ》んだ。

決勝戦の相手は、不世出《ふせいしゅつ》の天才プレーヤーといわれるチルデンであった。白熱《はくねつ》した試合であった。

第三セットのとき、チルデンがつまずいてコートに倒れた。

清水にとっては絶好のチャンスである。ところが彼は、ゆるい球をチルデンの目の前に返した。

観客は、その清水のプレーに絶賛《ぜっさん》の拍手を送った。これこそ、スポーツマンシップの鑑《かがみ》であると——。

「シミーという名で親《した》しまれた一人の日本人プレーヤーに、父は強い印象《いんしょう》を受けたのです。父だけではありません。当時のイギリス人は、シミーという人間を通して、日本が好《す》きになったのでした――」

監督が言葉をきって、会場を見まわした。

「スポーツマンシップは、世界の心です。国境《こっきょう》を超《こ》えて、人と人とを結《むす》びつけます。きょうのサッカーの試合で、さわやかな熱戦を展開した日本の少年たちを、私は生《しょう》涯《がい》忘れません。この戦いによって、新しい出会いが生まれ、新しい友情が芽《め》生《ば》えました。みなさん、ありがとう――」

剣司は、はっきりと理解《りかい》した。フェアな心こそが、人間と人間の絆《きずな》をはぐくむ最大の力なんだ。竜太のように素直《すなお》で正直《しょうじき》な心こそが、ほんとうの強さなんだ。素直に、正直に、相手にぶつかっていかなくちゃいけない。飾《かざ》ったり、ごまかしたりするのは弱さだ。

会場では、サンドイッチとジュースの交歓会《こうかんかい》が始まった。

海野も立石も、中村も、激しい戦いを繰り広げたパブリック・スクールの選手たちとなごやかに談笑《だんしょう》している。

あちらでは、花岡咲子や夏井《なつい》リエが、金髪《きんぱつ》のハンサムな少年に身ぶり手ぶりで語《かた》りかけている。

剣司は、竜太を求めて周囲を見まわした。広い講堂の中は、はずむような笑いと語らいの響きがこだましている。

竜太がそっと講堂の扉《とびら》を開《あ》けて出ていくのを、そのとき剣司は見つけた。一人で、どこへいくのだろう。

剣司は急いであとを追った。みんなのわきをすり抜けて、講堂から一歩足を踏み出すと、本校舎へと続く長い廊下《ろうか》の向こうに、片足《かたあし》を引きずりながら歩く竜太の姿が見えた。

ひんやりした空気が体を包む。二人のほかには、だれもいない。講堂の中のざわめきが、かすかな潮騒《しおさい》のように聞こえる。

剣司が小走《こばし》りになった。竜太の後《うし》ろ姿が、まだ、あぶなっかしい歩きぶりだ。その姿を見つめるうち、熱いかたまりが胸のなかで大きくなってくるのを剣司は感じた。

「竜太！」

その声に、竜太が立ち止まって振り向いた。しかしそのとたん、バランスを失って倒れそうになった。剣司が飛びついた。そして、支《ささ》えるように竜太を固く抱《だ》きとめた。

言葉にならなかった。あふれ返る心の激流《げきりゅう》に、剣司はただ、肩を震《ふる》わせるばかりであった。初めはびっくりした竜太も、やがてすがすがしい真情《しんじょう》が剣司のなかから流れ出ていることに気づいた。

新しい剣司が、いま生まれ出ようとしている――。そう思うと、心と心が一つに溶《と》けあうのを、竜太は深く実感したのだった。

胸のなかのかたまりが、熱いしずくとなって剣司のほおをぬらしている。悲しさでもない。うれしさでもない。それは、剣司が初めて味わう、晴《は》れ晴《ば》れとした不思議な安らぎに満ちた涙であった……。

剣司からすべてを打ち明けられた島野先生は、口元をギュッと引き締《し》めながら、しばらく天井《てんじょう》をふりあおいでから話し始めた。

「そうか……。うん、わかっていたんだ。先生は全部、知っていた……。よし、このことは、だれにもしゃべる必要はない。あとは、ぼくにまかせておけ――」

放課後の教室であった。二人のほかには、だれもいない。午後のおだやかな日差しが、先生と剣司にやさしく降り注《そそ》いでいた。開け放たれた窓からは、クラブ活動に励《はげ》む生徒たちのはずむような喚声が、風に乗って流れてくる……。

剣司はすべてを話してくれた。だから、剣司の〝あの動作〟についても、問いただすことはもうやめよう。一人自分の胸にしまって、新しく生まれかわった剣司のために、そしてM中サッカー部のみんなのために、監督としてこれまで以上の力を注いでいこう。島野先生はそう心に決めると、にこやかな笑顔を見せて立ち上がった。

島野先生の心にひっかかっていた〝あの動作〟とは、例のタックル事故の起きる直前に目撃《もくげき》した剣司の動きのことである。

シュートしようとする竜太めがけて、剣司が猛然とタックルをしかけにいく。そのとき剣司は、ボールをねらいにいったのか、それとも竜太の足をけろうとしたのか――。

あのとき剣司はどういうわけか、竜太へ向かって走っていくとき、ちょうど「く」の字を描くような進路をとったのだった。

なぜ、まっすぐに突っこまないで、わざわざ曲がっていったのか。

それは、主審の目をごまかすためであったにちがいない――と島野先生はすぐににらんだ。つまり、わざと足をねらったことが主審から見えないように、「竜太―自分―主審」の線が一直線になる角度で、剣司はタックルをかけたのだ。

島野先生にとって、あの瞬間の剣司の意図《いと》は明白であった。と同時に、不正行為《ふせいこうい》とはいえ、とっさの場合にあれだけの計算をした剣司に、島野先生が内心ひそかに舌《した》を巻いたのも事実であった。

剣司の素直な告白《こくはく》を耳にしたいま、しかし彼の過去を問うことは、島野先生にはもはや無意味に思われた。ここにいるきょうの剣司を、そして未来へ伸びるあしたの剣司を、どこまでも見つめていくことが大切だ。

剣司は立派に立ち上がった。彼のたくましい若芽《わかめ》は、いまこそ青空へ向かってぐんぐん伸びていくにちがいない。

「さあ、剣司！　練習だ。サッカー部のみんなが待ってるぞ。いってこい！」

島野先生のその言葉に、剣司は輝くひとみをあげて、大きくうなずいた。

竜太のケガの全快《ぜんかい》は、地区予選の始まりに間に合わなかった。しかし、そのかわり、剣司が申《もう》し分のない活躍を展開《てんかい》した。

竜太の登場は、第三戦からであった。それからのM中サッカー部は、すばらしい勢《いきお》いで勝ち進んだ。なにしろ、竜太と剣司のコンビが絶妙《ぜつみょう》であったからだ。

相手がいま何を考えているかが、二人にはわかった。そして、自分がいま何をしなければならないかが、即座《そくざ》に判断《はんだん》できた。しかも、たぐいまれな敏捷性《びんしょうせい》を備えた竜太である。燃えるようなファイトを満々とたたえた剣司である。

地区大会での優勝は、だから当然のことであったといってもいい。

そして彼らは、都大会へと駒《こま》を進めた。そこでも、竜太と剣司の連係《れんけい》プレーは、抜群《ばつぐん》の威力《いりょく》を発揮《はっき》した。さらに、そのあとには、あこがれの全国大会が……。竜太と剣司とM中の選手たちの戦いぶりは、そこでも大きな旋風《せんぷう》を巻き起こしたという話である。

フィールドには、さまざまな風が吹く。

勝利の風もあろう。敗北《はいぼく》の風もあろう。喜びの風も吹こう。忍耐《にんたい》の風も吹こう。

だが、フェアな心さえ失わなければ、そこには成長と友情の薫《かお》り高き風がそよぐにちがいない。

君のなかにも、剣司がいる——。

君のなかにも、竜太がいる——。

あしたのフィールドには、そうした剣司や竜太たちの、すがすがしいファイトに満ちたプレーが、さわやかな日差しのもとに躍動《やくどう》していることだろう……。

後記

どんなに大きな木も、はじめは地中の一粒の胚子《はいし》から始まる。そして胚子は、まず根を下へ伸ばす。上へ伸びるためには、下へ下へと根を伸ばして、大地にしっかりと定着しようとするのである。地中に芽をふいてからも、地下に根を広げ続ける。根をしっかり張っていれば、風や嵐《あらし》にも耐《た》えて、大きく伸びていけるだろう。こうした目に見えない地中での作業は、人生でいえば、大人になり社会へ出るまでの、青少年時代のさまざまな鍛錬《たんれん》や勉強や教育にあたるといえるだろう。

作者である池田大作創価学会第三代会長は、いわば人生の胚子や若芽にあたる人々に、機会をとらえては成長への指針や励ましを送ってきた。

「ヒロシマへの旅」は、いうまでもなく平和をテーマにしている。

広島と長崎への原爆投下《げんばくとうか》による犠牲者《ぎせいしゃ》は、三十万人を上回る。人類史上、いまだかつてない惨禍《さんか》であった。にもかかわらず、広島・長崎の悲劇の教訓が現代世界に生かされているとはとうていいえない。とりわけ、日本人にとって、唯一の被爆国としての体験を抜きにして平和を考えることはできないし、繰り返しさまざまな形で、被爆体験と原爆をめぐる悲しい歴史が語られ、受け継がれていかなければならない。

その点、中学生の時代からしっかりとヒロシマを見つめ、心に平和をはぐくみ、また苦難にめげずに生きていく糧《かて》としてほしい、との願いからこの作品は生まれている。あの痛ましい歴史が、今の中学生が現実に直面する悩みや苦しみとも結び合うかたちで示されている。また、原爆の恐るべき破壊力をもってしても、人間の逞《たくま》しい命の力はけっして奪《うば》いつくせないということも、作者の訴《うった》えておきたいポイントになっている。

「フィールドにそよぐ風」は、サッカーを通じての物語。テーマは、スポーツマンシップの魂《たましい》であり、少年時代にいちばん大切な〝フェアな心〟である。
中学校のサッカー部を舞台に、そこで活躍する剣司《けんじ》と竜太《りゅうた》という二人の中学生の姿をとおして、〝フェアな心〟の強さや尊さを描《えが》いている。〝フェアな心〟というのは、簡単なようでむずかしい課題である。それは正直《しょうじき》な心、思いやりの心などともいえるし、自分に負けない心でもあろう。フェアに真に徹《てっ》するとき、子どもは、否《いな》、人間は最もその力を発揮《はっき》する。そして、フェアな心でぶつかり合うときに、本当の友情も生まれ、国境を超《こ》えての人間愛にまで広がっていく。作者は、こうした真のフェア精神をとおして、生きる勇気や友情、そして人間としての本当の強さを磨《みが》いていってもらいたいと、若い心に訴えかけている。

友情、信念、正義、平和そして人間――これらが、青春小説「ヒロシマへの旅」「フィールドにそよぐ風」に貫《つらぬ》かれているテーマである。平凡といえば平凡である。しかし、それらこそ、胚子や若芽が懸命《けんめい》に地中に伸ばしゆく柔らかい根から吸収されるべき養分なのだ。それらが健全に十分に吸収されてこそ、樹は大きく太く育つ。

古今《ここん》の名作・良書の多くがそれらをテーマとしているのも、そうした理由からである。十代の時期に、どこまでも自分を磨き鍛《きた》えて、黄金の果実《かじつ》みのる大樹に育ってほしい。そのために、二十一世紀を開きゆく未来の主役である青少年たちに〝心の宝〟を——それが、これらの作品に込められている作者の熱い思いであろう。

【著者略歴】

池田大作（いけだ・だいさく）

1928年～2023年。東京生まれ。創価学会第三代会長、名誉会長、創価学会インタナショナル（SGI）会長を歴任。創価大学、アメリカ創価大学、創価学園、民主音楽協会、東京富士美術館、東洋哲学研究所、戸田記念国際平和研究所などを創立。世界各国の識者と対話を重ね、平和、文化、教育運動を推進。国連平和賞のほか、モスクワ大学、グラスゴー大学、デンバー大学、北京大学など、世界の大学・学術機関の名誉博士、名誉教授、さらに桂冠詩人・世界民衆詩人の称号、世界桂冠詩人賞、世界平和詩人賞など多数受賞。著書は『人間革命』（全12巻）、『新・人間革命』（全30巻）など小説のほか、対談集も『二十一世紀への対話』（A・J・トインビー）、『二十世紀の精神の教訓』（M・ゴルバチョフ）、『平和の哲学　寛容の智慧』（A・ワヒド）、『地球対談　輝く女性の世紀へ』（H・ヘンダーソン）など多数。

ヒロシマへの旅《たび》

2025年1月15日　初版第1刷発行

著　　者　池田大作《いけだだいさく》
発 行 者　松本義治
発 行 所　株式会社　第三文明社
東京都新宿区新宿 1-23-5
郵便番号　〒 160-0022
電話番号　03（5269）7144　（営業代表）
03（5269）7145　（注文専用）
03（5269）7154　（編集代表）
振替口座　00150-3-117823
URL　https://www.daisanbunmei.co.jp/
印刷・製本　TOPPAN 株式会社

ISBN 978-4-476-05059-2